KB142178

당신들은 나의 증오를 갖지 못할 것이다

당신들은 나의 증오를 갖지 못할 것이다

Vous n'aurez pas ma haine

앙투안 레이리스 지음 | 양영란 옮김

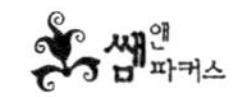

"난 아내를 찾으려고 여기저기를 다 뒤졌습니다."

"……."

"안에 아직 사람들이 있습니까?"

"이보세요, 선생. 최악의 경우에 대비해서 마음의 준비를 하셔야 합니다."

차례

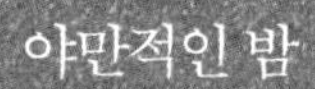
야만적인 밤

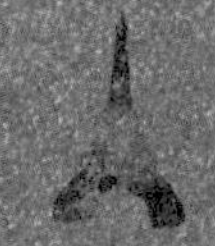

2015년 11월 13일
밤 10시 37분

엄마가 없을 때면 늘 그래왔듯이 멜빌은 칭얼거리지 않고 잠이 들었다. 아이는 아빠와 있을 땐 자장가도 덜 감미롭고 쓰다듬어주는 손길도 덜 따사롭다는 걸 잘 아는지라 까다로운 요구 따위는 하지 않는다. 아내가 돌아올 때까지 깨어 있으려는 마음에 나는 책을 읽는다. 한 아마추어 수사관 소설가가 등장하는 소설로, 자신에게 소설가가 되고 싶다는 욕망을 불어넣어 준 소설을 쓴 사람이 알고 보니 살인마 소설가가 아니었음을 발견해 가는 내용이다. 반전에 반전을 거듭하는 내용을 따라가면서 나는 문제의 살인마 소설가가 사실은 아무도 죽이지 않았음을 알게 된다. 고작 이런 결론에 도달하려고 책 한 권을 다 읽어야 했다니. 침대 옆 협탁에 놓아둔 휴대폰이 울린다.

"안녕하세요, 별일 없죠? 지금 집에 계신가요?"

방해받고 싶지 않다. 나는 아무 의미도 없는 이런 종류의 메시지를 끔찍하게 싫어한다. 그래서 아무 대답도 하지 않는다.

"별일 없죠?"

"……."

"당신은 안전한 거죠?"

"안전하다"니, 이건 또 무슨 소리지? 들고 있던 책을 내려놓고는 아이를 깨우지 않기 위해 발끝으로 살금살금 걸어 거실로 나간다. 리모컨을 손에 쥔다. '잔혹 상자'가 켜지기까지 많은 시간이 걸린다. '스타드 드 프랑스(Stade de France)에서 테러.' 영상만 보아선 감이 잡히지 않는다. 나는 엘렌을 생각한다. 엘렌에게 전화해서 택시를 타고 집에 오는 편이 나을 거라고 말해줘야지. 그런데 뭔가가 더 있다. 운동장 복도에 옹기종기 모여 선 일부 사람들이 대형 화면 앞을 떠날 줄 모른다. 나는 그 사람들의 얼굴을 통해서만 화면이 보여주는 영상을 추측해야 하는 상황이다. 그런데 그 사람들은 경악한 표정이다. 그 사람들은 나는 보지 못하는, 적어도 지금 시점에서는 볼 수 없는 무언가를 보고 있는 것이다. 이윽고 화면 하단에서 너무 빠른 속도로 휙휙 지나가던 글씨들이 돌연 멈춘다. 천진난만함의 끝.

"바타클랑에서 테러."

적막. 내 귀에는 가슴속에서 심장이 궤도를 이탈하는 소리만 들린다. 갑자기 화면에 출현한 이 두 단어가 내 머릿속에서 절대 끝나지 않을 메아리처럼 계속 울려댄다. 1년만큼이나 긴 1초. 내 집 거실 소파에 내리꽂힌 침묵의 1년. 실수일 거야. 나는 엘렌이 정말 거기에 갔는지 확인한다. 혹시 내가 잘못 알 수도, 잊어버렸을 수도 있으니까. 콘서트 장소는 틀림없이 바타클랑이다. 엘렌은 지금 바타클랑에 있다.(바타클랑Bataclan은 파리 11구에 있는 극장으로 2015년 11월 13일 스타드 드 프랑스, 루 알리베 거리 등을 포함해 파리 시내 7곳에서 동시 테러가 발생한 장소 중 한 곳이다.-옮긴이)

암전. 내 눈엔 아무것도 보이지 않으나, 그럼에도 온몸을 관통하는 정전기 같은 찌릿찌릿함이 느껴진다. 나는 얼른 달려 나가, 아무 자동차라도 훔쳐 타고 엘렌을 찾으러 가고 싶은 마음뿐이다. 활활 타오르기 시작한 긴박함이 내 머릿속을 가득 채운다. 한사코 그 불길을 잠재우려는 절박한 몸짓이기도 하다. 그런데도 나는 전신이 마비된 듯 꼼짝도 하지 못한다. 멜빌이 곁에 있으므로, 나는 꼼짝없이 이곳에 잡혀 있다. 점점 번져나가는 불길을 바라만 보고 있어야 하다니. 나는 고함이라도 지르고 싶다. 하지만 그렇게 할 수 없다. 잠든 아기를 깨우면 안 되니까.

나는 휴대폰을 집어 든다. 엘렌에게 전화를 걸어 그녀와 이야기를 하고 그녀의 목소리를 들어야만 한다. 연락처. '엘렌'. 그냥 엘렌. 나는 한 번도 내 휴대폰 연락처에서 그녀의 이름을 바꾸지 않았다. '내 사랑'이라는 표현을 덧붙이지도, 우리 둘이 함께 찍은 사진을 추가하지도 않았다. 그건 엘렌도 마찬가지였다. 그날 저녁 엘렌은 '앙투안 L.'의 전화를 받지 않았다. 신호음. 음성 메시지. 나는 전화를 끊는다. 그러고는 이내 다시 건다. 그렇게 하기를 한 번, 두 번, 백 번……. 연락이 될 때까지 천 번이고 만 번이고 계속해야 할 테지.

나를 붙잡아 가두는 소파 때문에 질식할 것만 같고, 아파트 전체가 무너져 내리는 것만 같다. 대답 없는 통화가 거듭될 때마다 나는 조금씩 조금씩 더 깊숙이 그 폐허 속으로 가라앉는다. 모든 것이 이상하게 느껴진다. 주변 세상이 사라지고, 그녀와 나만 남는다. 동생의 전화벨 소리가 나를 현실로 데려온다.

"엘렌이 거기 있어."

내 입에서 이 문장이 나오는 순간 나는 출구가 없음을 깨닫는다. 남동생과 여동생이 집에 들어선다. 우린 서로 무슨 말을 해야 할지 알지 못한다. 아무 할 말이 없다. 어쨌거나 무어라 명명해야 할지 이름조차 알지 못하는 일이 벌어지고 있는 중이니까. 거실엔 텔레비전이 켜져 있다. 우리는 24시간 뉴스 채널에 시선을 고정시킨 채 기다린다. 그 채널들은 이미 와해되어버린 세상을 구경만 하고 있어야 하는 시청자들을 계속 포로로 붙잡아 두기 위해 제일 자극적이고, 제일 외설스러운 제목들을 앞다투어 제시한다. "집단 학살", "대량 살육", "피바다"……. 나는 "도살"이라는 단어가 내 귀에 들리기 전에 텔레비전을 끈다. 세상을 향해 난 창이 닫혀버린다. 지금은 현실을 직시할 때.

N.의 아내에게서 전화가 온다. N.은 엘렌과 함께 바타클랑에 갔다. 그는 위험에서 벗어났다고 한다. 나는 그에게 전화를 건다. 그가 전화를 받지 않는다. 한 번. 두 번. 세 번. 드디어 그가 전화를 받는다. 장모님이 집에 도착한다.

행동에 나서야 한다, 뭔가 해야만 한다. 나는 밖으로 나갈 필요가 있다, 그것도 한시 바삐. 엘렌을 찾아오기 위해서도 그렇거니와, 내 거실을 점령해버린 암묵적인 상황에서 벗어나기 위해서도 그래야만 한다. 남동생이 길을 열어준다. 아무 말 없이 자기 차 열쇠를 집어 든 동생과 나는 나지막한 소리로 행동 계획을 속삭인다. 뒤편에서 면으로 만든 두 쪽짜리 가리개가 닫힌다. 아기를 깨워서는 안 된다.

이제 유령 사냥이 시작될 참이다.

자동차 안에서도 우리 형제는 말이 없다. 우리를 에워싼 도시도 말이 없다. 이따금씩 들려오는 사이렌의 고통에 찬 비명 소리가 파리에 내려앉은 무거운 침묵을 흔들어 놓는다. 파티는 끝났다. 팡파레 소리도 잦아들었다. 우리는 부상자들을 맞아들였을 법한 병원들을 하나씩 하나씩 확인할 예정이다. 비샤 병원, 생루이 병원, 살페트리에르 병원, 조르지 퐁피두 병원……. 이날 저녁, 죽음은 파리 곳곳으로 떼 지어 몰려갔다. 들어가는 병원 창구마다 직원 한 명이 나를 맞는다. "오늘 저녁 바타클랑에 있었던 내 아내를 찾고 있습니다." 엘렌의 이름은 부상자 명단 어디에도 없다. 하지만 그럴 때마다 사람들은 나에게 계속해야 할 이유를 제시한다. "부상자 모두가 명단에 올라 있는 건 아닙니다." "비샤 병원으로도 부상자들이 갔습니다." "파리 교외에 있는 병원으로 이송된 부상자들도 있습니다." 나는 전화가 오지 않을 것임을 알면서도 그 직원들에게 내 전화번호를 남긴다. 그러고는 자동차로 달려간다. 나는 도로의 침묵이 그립다.

외곽 순환 도로를 따라 가로등이 이어진다. 밤은 깊어만 간다. 지나치는 불빛 하나하나가 최면의 세계로 향하는 과정이다. 내 몸은 더 이상 나에게 속하지 않는다. 내 정신은 도로 위로 흩어진다. 숨이 막히도록 도시를 옥죄는 비좁은 순환 도로를 여러 번씩 돌고 있으니 반드시 무슨 일이 일어나고야 말 것 같다.

더 이상 찾을 것이 없어도 우리는 계속했다. 나는 벗어날 필요가 있었다. 최대한 멀리 도망치자, 돌아오지 말자. 길이 끝나는 곳까지 가자, 과연 끝이 있는지, 이 모든 것에 끝이 있긴 있는지 보기 위해서.

나는 보았다, 길의 끝을 보았다.

길의 끝은 내 휴대폰에, 휴대폰의 알람이 울렸을 때, 거기에 저장되어 있었다. 아침 일곱 시.

30분 후에 멜빌에게 젖병을 물려야 한다. 아기는 아직 잠들어 있을 것이다. 이 세상에서 벌어지는 그 어떤 참혹함도 아기의 잠을 방해하진 못한다.

돌아가야 한다.

"포르트 드 세브르 나들목으로 빠져나가."

기다림

2015년 11월 14일

저녁 8시

멜빌은 기다린다. 아이는 거실 전등 스위치에 손이 닿을 정도로 키가 자라기를 기다린다. 아이는 유모차 없이도 외출할 수 있을 정도로 분별력이 생기기를 기다린다. 아이는 내가 저녁식사 준비를 마치고 동화책을 읽어주기를 기다린다. 아이는 목욕을 하고 점심을 먹고 간식을 먹을 시간을 기다린다. 그리고 오늘 저녁, 아이는 잠들기 전에 엄마가 돌아오기를 기다린다. 기다림이란 딱히 정해진 이름이 없는 하나의 감정이다. 내가 그 아이에게 마지막으로 이야기를 읽어주는 순간, 그 이야기는 모든 감정을 동시에 실어 나른다. 슬픔, 희망, 서글픔, 안도, 놀라움, 두려움.

나 역시 기다린다. 선고. 분노에 찬 몇몇 사람들이 자동 화기를 사용해서 자신들이 내린 선고를 만방에 알렸다. 말하자면 우리에게 종신형 선고가 내린 것과 다르지 않을 것이다. 하지만 난 아직 그 사실을 모르고 있는 상태다. 잠자리에 들기 전에 멜빌과 나는 노래를 부른다. 엘렌이 방문을 열고 들어와 우리와 함께 마지막 소절을 부를 거라고 상상한다. 우리에게 전화가 걸려올 거라고, 그러면 우리는 잠에서 깨어나게 될 거라고, 상상한다.

멜빌이 잠들었다. 전화벨 소리가 울린다. 엘렌의 여동생이다.

"앙투안……, 이런 말 하게 되어서 너무 미안한데……."

무당벌레

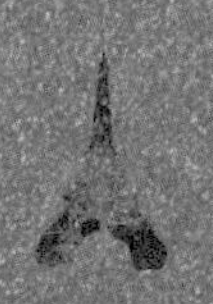

* 무당벌레는 프랑스와 독일에서 '신이 보내준 좋은 생물', '성모 마리아의 딱정벌레' 등으로 불린다.

2015년 11월 15일

오후 5시

산책이 끝나면 한껏 풀어지는 시간이다. 산책 시간이 지나면 몸을 씻고 로션을 바르고 나서 저녁을 먹고 잠자리에 든다. 그런데 오늘 나는 아이가 짜증을 내고 있음을 느낀다. 아이를 괴롭히는 고통은, 아직 말로 표현되지 못한 채, 삶의 그다지 의미 없어 보이는 소소한 불안감 속에서 땀방울처럼 배어 나온다. 과자가 바삭거리지 않고 눅진해서 먹기 싫다고 투정을 부리는가 하면, 공이 너무 멀리 굴러가버려서 놀기 싫다는 식이다. 유모차 안전벨트가 너무 조여서 앉아 있기 싫다고 투덜대기도 한다. 아이는 자기 안에서 부대끼고 있으나 아직 그 정체를 깨닫지 못하고 있는 모든 것들과 심각하게 갈등한다. 무어라고 꼭 집어서

명확하게 이름 붙일 수 없는 부글거림이 어린 사내아이 특유의 호기심마저 빼앗아간다. 배가 고프지도 않은데, 어디가 아프지도 않은데, 무섭지도 않은데, 아이를 울고 싶게 만드는 이 희한한 감정은 도대체 뭐란 말인가? 아이는 엄마가 보고 싶은 거다. 엄마가 벌써 이틀째 집에 오지 않았으니까. 아이의 엄마는 이제껏 하루 저녁보다 더 긴 시간 동안 아이 곁을 떠난 적이 없었다.

아이를 달래기 위해서 나는 아이에게 방에 가서 읽고 싶은 동화책을 가져오도록 한다. 아이의 방에는 아이 눈높이 언저리에 서가가 있고, 그 서가엔 온갖 감정을 체화한 인물들이 그득하다. 행복이, 익살꾼, 투덜이……. 서가엔 또 얼른 어른이 되고 싶어 하는 코끼리도 있고, 내가 손가락을 쏙 집어넣을 수 있는 아주 작은 생쥐도 있다. 그 생쥐는 책장을 넘길 때마다 자기를 잡으려고 따라다니는 고양이란 놈에게서 도망치려고 발버둥 친다. 그러다가 생쥐는 마침내 화분 속으로 숨어들면서 "잘 자"라며 뽀뽀해달라고 한다. 멜빌은 단 한 번도 그 요구를 거절하는 법이 없다.

오늘, 방으로 간 녀석은 올망졸망한 여섯 개의 치아가 다 드러나도록 함박 미소를 지으며 책 한 권을 들고나온다. 엄마랑 읽기 좋아하는 책이다. 멋진 정원에 사는 예쁜 무당벌레 이야기. 정원을 들락거리는 곤충들은 너 나 할 것 없이 모두 무당벌레의 착한 마음씨에 찬사를 보낸다. 제일 예쁜 데다 제일 얌전한 무당벌레. 무당벌레의 엄마는 몹시 뿌듯해한다. 그런데 하루는 이 예쁜 무당벌레가 우연히 마녀의 꼬부라진 콧잔등에 앉고 만다.

멜빌은 예쁜 무당벌레가 고약한 마녀의 술수에 심술쟁이 무당벌레로 변신하는 대목이 있는 줄은 알지 못했다. 아이가 무서워할 것을 염려한 엘렌이 까만 점이 박힌 이 빨간 곤충이 거미와 두꺼비와 공모해서 평소 그토록 평온하던 정원에 공포를 불어넣는 대목을 습관적으로 건너뛰곤 했기 때문이다. 덕분에 멜빌이 저녁마다 만나는 무당벌레는 심술궂은 마녀의 꼬부라진 콧잔등 따위는 만날 일이 없었다.

아이가 작은 몸을 웅크리고 누운 침대엔 항상 요술봉을 사용해 무당벌레가 본래 지니고 있던 아름다움과 선함을 돌려주는 착한 요정만 등장한다. 그날, 나도 엘렌처럼 무서운 대목은 건너뛰었다. 하지만 우리의 꿈을 물들이는 푸른색 별 달린 드레스 차림의 착한 요정이 이야기의 끝을 아는 사람만이 지을 수 있는 평온한 미소를 머금고서 등장했을 때 나는 그만 책 읽기를 멈추고 말았다.

멜빌은 그림책의 몇 쪽을 건너뛰듯 인생의 몇 쪽을 건너뛸 수는 없을 것이다. 나에겐 요술봉도 없다. 우리의 무당벌레는 고약한 마녀의 콧잔등에 내려앉았고, 그 마녀는 어깨엔 칼라시니코프 소총을 둘러메고, 손가락 끝엔 죽음을 매달고 있었다.

녀석에게 말해야 해, 지금 당장, 하지만 어떻게?

엄마, 아빠, 젖꼭지. 할 줄 아는 말이라고는 이 세 마디뿐이지만, 그래도 멜빌은 남이 하는 말은 다 알아듣는다. 아이와 똑바로 눈을 맞추면서 "엄마가 말이지, 아주 큰 사고를 당했거든. 그래서 엄마는 이제 집에 못 와"라고 말하는 건 어른의 언어로 어른의 이야기를 들려주는 꼴이 될 것이다. 우리가 사용하는 언어 너머에 있는 것, 아이의 마음을 움직이는 것에 닿을 수 없게 방해하는 결과를 낳을 것이다. 요컨대 그것은 아이를 두 번 죽이는 일이다. 말로는 충분하지 않다.

마음이 상한 아이는 발을 구르며 책을 바닥으로 던진다. 폭발 일보 직전이다. 나는 얼른 휴대폰을 들어 아이가 손가락을 빨며 엄마의 품 안에서 뒹굴며 함께 듣던 노래들을 들려준다.

나는 내 두 다리 사이에 엎드려 있는 멜빌을 꼭 끌어안는다.

아이가 내 마음을 느낄 수 있도록, 아이가 나를 이해할 수 있도록. 아이는 아홉 달 동안 엄마의 배 안에서 지내면서 엄마가 살아가는 소리를 들었다. 아이의 심장은 엄마의 일과 리듬에 맞추어 뛰었다. 엄마의 움직임은 곧 아이의 여행이었으며, 엄마의 말은 이제 막 태어나려는 아이에게 울려 퍼지는 삶의 음악이었다. 나는 아이가 내 가슴에 귀를 대고 아이에게 슬픔을 말하고 있는 나의 목소리를 들어주기를, 심각하기 그지없는 현재 상황으로 말미암아 잔뜩 긴장한 나의 근육을 느껴주기를, 내 심장 박동이 아이를 안심시켜주기를, 우리의 삶이 계속되어주기를 바란다. 나는 휴대폰에서 엘렌이 아이를 위해 작성한 플레이 리스트를 연다.

엘렌은 한 곡 한 곡을 세심하게 선곡했다. 마치 그 노래들이 아기의 귀와 어른들이 만들어낸 화음을 이어주는 다리라도 되는 듯. 앙리 살바도르의 '달콤한 노래'가 프랑수아즈 아르디의 '사랑할 시간'과 어깨동무를 하고 있으며, '달에게 바치는 노래'가 부르빌의 '프레데릭을 위한 자장가'와 사이좋게 붙어 있는 식이다. 나는 그 자장가를 배경 음악 삼아 휴대폰 속의 '사진첩'을 연다. 엘렌의 얼굴이 나타난다. 흐릿하고 초점도 잘 맞지 않은 사진인데 멜빌은 어느새 자장가의 첫 소절이 주는 다소 불안정한 안락함을 박차버리고는 몸을 뒤척인다. "자, 이제 자야지

…… 꼬꼬마 프레데릭…… 내가 이 노래를 찾아냈단다. 선물이니 네 요람 깊숙이 놓아둘게."

멜빌은 곧장 불안불안한 손가락으로 사진 속의 엄마를 가리키며 내 쪽으로 몸을 돌린다. 미소는 어느새 사라지고 눈가엔 따뜻한 눈물이 그렁그렁하다. 그만 억장이 무너진 나는 아이에게 엄마가 이제 다시는 돌아오지 못한다고, 엄마가 아주 심한 사고를 당했다고, 하지만 그건 네 잘못이 아니라고, 엄마는 늘 너와 함께 있기를 원했을 텐데 그럴 수 없게 되었다고, 나름대로 최선을 다해 설명한다. 아이는 대성통곡한다. 이제껏 멜빌이 그렇게 우는 모습은 한 번도 보지 못했다. 괴로움, 두려움, 실망, 변덕 등으로 눈물을 몇 방울 쏟은 것이 고작이었다.

그런데 이번엔 달랐다. 아이의 첫 슬픔. 아이는 태어나서 처음 진심으로 슬픈 거다.

사진에 사진이 꼬리를 물고, 노랫소리는 점점 더 회초리 휘두르는 소리를 닮아간다. 우리는 영락없이 풀 죽은 두 명의 어린아이 같은 모습이다. 우리의 삶을 들려주는 음악상자 쪽으로 몸을 기울인 채 몸 안에 있는 눈물이란 눈물은 모두 쏟아내는 아이들. 네가 지금 슬픈 건 당연해, 넌 슬퍼할 권리가 있어, 아빠도 말이지 뭔가 잘 안 될 땐 슬프거든. 그러지 말고 이리 와서 아빠랑 같이 사진 보자. 노래가 끝난다. "…… 내가 언젠가…… 나의 모든 사랑을 담아 너에게 준…… 이 음악을 잊지 마……." 추억이 조금씩 조금씩 음악을 지워버리면서 이어지는 사진 보기는 놀이가 되어간다. 어, 이건 멜빌, 이건 엄마네. 암튼 우리 그 이야기는 나중에 또 하자.

꼬마 무당벌레 이야기는 다시금 정원에서 제일 예쁘고 제일 착한 무당벌레가 엄마를 되찾고, 아기를 되찾은 엄마 무당벌레가 기뻐서 눈물을 쏟는 장면으로 끝난다.

아이에게 사실을 알리는 것은 앞으로 우리를 기다리고 있을 기나긴 여정의 출발에 불과하다. 고약한 마녀는 사라졌다. 이제는 아이에게 필요할 때마다 어째서 이야기의 마지막에 엄마가 나타나지 않는지를 설명해주어야만 할 터이다.

나는 책 한 쪽을 찢은 다음 그걸 엄마 사진 옆에 붙여서 아이 방에 걸어놓는다. 멜빌이 누우면 엄마와 어깨가 맞닿는다. 엄마의 미소는 봄날처럼 환하고, 아이의 눈앞에서 엄마의 머리카락 몇 올이 흩어진다.

엘렌이 나를 바라본다. 특별히 포즈를 취하지도, 카메라를 응시하지도 않았다. 엘렌은 그저 나를 바라본다. 그녀의 두 눈은 우리 셋이 함께 보낸 열일곱 달의 소박한 기쁨을 이야기해줄 뿐이다.

그럴 수도 있겠지만……

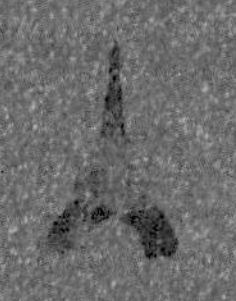

2015년 11월 16일

오전 9시 30분

멜빌은 어린이집에 있다. 오늘, 파리 15구의 한 담배 가게 겸 카페에서 맞이하는 월요일 아침에 사람들은 꿈이 산산조각 나 버린 자들의 우중충한 낯빛을 하고 있다. 노상 목청 돋게 만드는 세금 올리기나 독감 확산 같은 주제로만 만족할 수 없어 다른 대화거리를 찾고 있는 카페 손님 모두의 눈이 쏠린 BFM TV 화면에서는 같은 장면만 계속 반복해서 돌아간다. 오늘은 월요일인데, 사람들은 모두 금요일에 관해서만 떠들어댄다.

"진한 커피 한 잔!"

아침에 나는 법의학 연구소로 엘렌을 보러 가야 한다. 옆자리에서는 마흔다섯에서 쉰 살쯤 되어 보이는 남자 두 명이 못 볼 것을 너무 많이 봐서 지쳐버린 눈길로 듣고 싶지 않은 이야기를 주고받는다. 카페의 카운터에 자리 잡고 선 이상 남들의 대화를 피하려고 기를 쓰는 건 소용없는 짓이다. 대화를 듣지 않을 수 없으니까. 평소 같았으면 커피 한 잔 마시는 동안 전혀 모르는 타인의 삶의 한 조각 속에 은근슬쩍 껴들어가는 혼자만의 즐거움을 만끽했을 테지만. 그런데 오늘은 내 삶이 조각나버렸다.

두런거리는 소리를 듣지 않으려고 시선을 돌려도 소용없다. 몇몇 단어들이 기어이 에스프레소 커피 기계가 뿜어내는 수증기 속을 뚫고 내 귀까지 전해진다.

"……그 모든 죽음이 무용한 것이 되어서는 안 되지……."

유용한 죽음이란 것이 있긴 있고?

운전기사가 브레이크 페달 밟는 걸 잊었건, 다른 사람들보다 약간 더 고약한 악성 종양이었건, 핵폭탄이었건 뭐든 상관없다. 중요한 딱 한 가지는 거기에 엘렌이 없었어야 한다는 점이다. 각종 무기, 총알, 폭력, 이 모든 건 실재 문제가 되고 나서의 장면, 그러니까 부재라는 장면의 무대 장치에 불과하다.

그토록 빠른 시간에 엘렌이 살해당한 정황을 넘겨버리고 다음으로 넘어가는 나의 태도를 이해하는 사람은 극히 드물다. 저마다 내가 사건을 잊었는지, 용서했는지를 묻는다. 나는 아무것도 용서하지 않았고, 아무것도 잊지 않았으며, 다음으로 넘어가지도 않았다. 더구나 그토록 빨리 페이지를 넘긴다는 건 말이 되지 않는다. 각자 삶으로 돌아가게 되더라도 우리는 언제까지나 그 사건과 더불어 살게 될 것이다. 이 이야기는 언제까지나 우리의 이야기일 것이다. 그걸 거부한다면 그건 자신을 부인하는 거나 마찬가지다. 바싹 마른 엘렌의 몸에서 시체의 냉기만이 뿜어져 나올지라도, 그녀와의 입맞춤에서 아직 약간의 온기가 남은 피비린내가 느껴질지라도, 그녀가 내 귀에 속삭이는 소리에서 진혼곡의 얼음장같이 섬뜩한 아름다움만 흘러나올지라도, 나는 그녀에게 입 맞추어야 한다. 나는 이 이야기, 우리의 이야기 안으로 뚜벅뚜벅 걸어 들어가야 한다.

물론 죄를 지은 자, 자신의 분노를 퍼부을 대상을 눈앞에 빤히 두고 있다는 건 말하자면 반쯤 열린 출구, 자신의 고통을 용케 피해나갈 수 있는 기회일지도 모른다. 범행이 끔찍하면 끔찍할수록 범인의 존재는 이상적인 분노 배출구가 되어줄 것이고,

증오 또한 정당화될 것이다. 자신에 대해 생각하지 않기 위해서 우리는 그자들에 대해 생각하면 되고, 자신의 삶을 증오하지 않기 위해서 그자들을 증오하면 되며, 살아남은 자들에게 미소 짓지 않기 위해서 그자들의 죽음에 기뻐하면 될 것이다.

게다가 아마 가중 처벌까지 기대할 수 있는 상황일 것이다. 가중 처벌이라면 소송에서 손실을 정량화한다는 말이 된다. 그런데 눈물은 정량화할 수도 없거니와 소맷자락 한 번 들어 올려서 분노를 닦아낼 수도 없는 노릇이다. 저주하거나 원망할 대상이 없는 사람들은 슬픔과 더불어 혼자이다. 나는 내가 그런 부류인 것처럼 느껴진다. 나는 머지않아 그날 저녁 무슨 일이 있었는지 내게 묻게 될 아들과 더불어 혼자이다. 우리 이야기의 책임을 다른 이에게 전가해버리면 나는 아들에게 무어라 대답할 것인가? 아들은 그날 벌어진 일을 이해하기 위해 다른 사람에게로 몸을 돌려야 한단 말인가? 그날 저녁, 죽음이 아이의 엄마를 기다리고 있었고, 그자들은 그 죽음을 전하는 저승사자였을 뿐이다.

경기관총의 일제 사격으로 그들은 우리의 퍼즐을 엉망으로 흩어놓았다. 우리가 그 조각들을 하나하나 다시 맞추게 될 때, 완성된 퍼즐은 예전과 똑같을 수 없을 것이다. 퍼즐 속 그림엔

분명 빠진 사람이 있을 것이고, 그래서 우리 둘만 남아 있을 테지만, 우리는 빠진 사람의 빈자리마저 모두 채울 것이다. 엘렌은 그곳에서, 보이지는 않지만, 우리와 함께할 것이다. 우리 두 사람의 눈 속에서 그녀의 존재를 확인하게 될 것이며, 우리 두 사람의 기쁨 속에서 그녀의 불꽃이 타오를 것이고, 우리 두 사람의 혈관을 타고 그녀의 눈물이 흐를 것이다.

우리는 절대 이전의 삶으로 되돌아갈 수 없을 것이다. 하지만 결코 그자들에 대한 반감 위에 우리의 새로운 삶을 쌓아 올리지는 않을 것이다. 우리는 우리만의 삶 속에서 나아갈 것이다.

"커피 한 잔 더 주세요. 그리고 계산서도요!"

"아무리 생각해도 주말에 벌어진 일은 정말 미친 짓이야……."

"…… 전 그 사건을 제대로 파악할 경황이 없었습니다. 아내가 주말에 집에 없어서 아이를 돌봐야 했거든요. 전 지금 아내를 만나러 갑니다."

그녀와의 재회

2015년 11월 16일

오전 10시

보고 싶지 않은 모든 사람들에게 형광색 조끼를 나누어주면 좋을 것 같다. 이날 아침, 마침 현장엔 심리 지원팀이 나와 있어서 누구라도 원망하고 싶은 내 일을 수월하게 해준다. 나는 그 사람들에게 아무 말도 하고 싶지 않다. 그 사람들이 나에게서 내 마음을 훔쳐가려 한다는 느낌을 받는다. 내 불행을 빼앗아서, 그 불행에 상투적인 형식으로 염(殮)을 하다니, 그건 나의 불행을 아무런 시정(詩情)도 처연한 아름다움도 없는 무미건조한 것으로 왜곡시켜버리는 것이다.

그래서 나는 지도를 제작하듯 그 장소에 색을 입힌다. 하나의 색상마다 고유한 기능을 부여한다. 파란색은 경찰이고, 그 색을 통과해야 한다. 노란 형광색은 심리 지원팀, 이건 피하는 것이 좋다. 검정색은 법의학 연구소, 엘렌과 만나는 곳이다. 나는 얼른 파란색 쪽으로 간다. 경찰 한 명이 나를 검정색 쪽으로 안내한다. 검정색은 노란 형광색을 거쳐서 오라고 제안한다. 하지만 나는 노란 형광색을 못 본 척한다. 나는 엘렌의 어머니, 엘렌의 여동생과 동행이다. 좀처럼 끝나지 않을 것 같은 여정. 고작 몇 미터가 영원처럼 길다.

차가운 빗줄기가 길고 예리한 바늘처럼 아래로 내리꽂히면서 사정없이 우리의 얼굴을 찌른다. 나와 마주치는 사람들은 저마다 주어진 대본을 적힌 대로 암송한다. 음침하기 짝이 없는 싸구려 희극을 재탕 삼탕 공연하는 배우들. 탄력이 빠질 대로 빠져버린 희극에 출연한 배우들.

오늘은 '죽음'을 공연한다. 그런데 이 행진은 장례 행렬이 아니다. 아직은 그럴 때가 아니다. 오늘은 행복한 날이다. 사랑하는 사람이 돌아오는 날이니까.

타일이 붙은 건물 내부는 많이 낡았다. 일하는 직원들의 얼굴도 다르지 않다. 몹시 춥다. 이 건물 안에 도착한 이후부터 사람들은 나에게 적어도 열 번 넘게 앉으라고 성화다. 나는 거절한다. 한번 앉으면 다시는 일어서지 못할까 봐. 선 채로, 나는 기다린다.

사무실. 잡다한 서류 작성. 유가족들이 우리 앞을 지나간다. 우리보다 먼저 들어간 사람들이 열댓 명가량 되는데, 그 사람들은 그곳에서 완전히 무너진 채 나온다.

"뤼나-엘렌 뮈얄(Luna-Hélène Muyal)을 보러 오셨습니까?"

우리 차례다.

안내를 따라 들어간 방은 그나마 한결 따뜻하게 장식되어 있다. 죽음 대기실은 내가 상상했던 것과 그다지 닮지 않은 분위기다. 그렇긴 하나, 바닥부터 천장까지 방 전체를 덮고 있는 쪽나무 뒤편에서 죽은 이들의 피가 흐르는 소리가 들린다. 문득 나는 그 피가 쪽나무 벽을 한순간에 쓰러뜨린 다음 우리 모두를 차츰차츰 그 속에 빠뜨리는 광경을 상상한다. 발부터 머리까지. 피바다 속으로 빠져든다. 아니, 실제로 우리는 벌써 거기에 빠진 상태다.

젊은 여자 한 명이 우리를 맞이한다. 여자의 목소리에서는 늘 해오던 일을 하고 있음이 느껴진다. "힘든 시간…… 끔찍한 상황…… 경찰의 일……." 이런 말들은 하나같이 상투적이고 식상하다. 어쩐지 한 다리 건넌 영혼 없는 연민 냄새가 난다. 여자의 침묵은 정확하게 계산되었고, 몸짓 또한 미리 준비되었으며, 잔잔한 미소마저 《삽화를 곁들인 장의사 입문》 '5장 가족에게 알리기' 따위의 책자에서 금방 빠져나온 것 같아 보인다.

나는 다른 많은 희생자 가족들 가운데 한 명일 따름이다.

나는 여자의 말은 듣는 둥 마는 둥이다. 엘렌이 여기, 바로 내 곁에 있다. 나는 그녀를 느낄 수 있다. 나 혼자서 오롯이 그녀를 만나고 싶다.

엘렌의 어머니와 동생은 그런 내 심정을 이해한다. 두 여자는 이곳에서도 우리 두 사람이 우선임을 잘 안다. 마지막이 될 이 순간에 오직 그녀와 나 두 사람만이 함께이고 싶은 마음. 누군가의 딸 혹은 누군가의 언니, 제일 친한 친구 혹은 바타클랑에서 살해당한 여자가 아닌 엘렌과 나. 나는 엘렌이 나에게 속하기를, 오직 나에게만 속하기를 원한다. 예전에도 그랬던 것처럼.

우리는 어린아이들이 쌓아 올리며 가지고 노는 두 개의 작은 플라스틱 블록처럼 서로가 서로를 위해 만들어진 존재였다. "옛날 옛적에……"로 시작하는 우리의 이야기는 6월 21일, 음악으로, 저녁에 열린 콘서트로 시작되었다. 멋진 이야기들이 원래 그렇듯이 나는 지레 그녀가 나 같은 남자 따위는 원하지 않을 거라고 생각했다. 내가 보기에 그녀는 너무 아름답고, 너무 파리지엔이었고, 아무튼 모든 것이 다 나에겐, 아무것도 아닌 나에게는, 너무 과분했다. 나는 그녀의 손을 잡았다. 우리는 관중들과 그들이 질러대는 소음 속에 파묻혔다. 마지막 순간까지도 나는 그녀가 내 손을 놓아버릴 거라고 믿었다. 하지만 그 순간 우리는 입을 맞추었다.

그 후 모든 일이 신속하게 진행되었다. 나는 그녀에게 함께 뉴욕으로 가자고, 시간은 우리 편이라고, 행운의 별이 우리를 인도할 거라고 말했다. 그녀는 나에게 사랑한다고 말했다.

여느 이야기와 다를 바 없는 이야기. 우리는 우리에게 대단한 기회가 찾아왔음을 깨달을 만큼 충분히 지혜로웠으며, 거기에 모든 것을 쏟아부을 만큼 충분히 무모했다. 이 사랑은 우리의 보물이었다.

문이 열린다.

“준비되시면 말씀해주실래요?”

엘렌이 있다. 나는 그녀를 향해 다가가다가 몸을 돌려 분명 방 안에 우리 두 사람뿐임을 확인한다. 이 순간은 우리의 것이다. 유리벽이 우리를 갈라놓고 있다. 나는 내 온 체중을 실어 그 벽에 바짝 붙는다. 우리 두 사람이 살아온 삶이 눈앞에 펼쳐진다. 나는 그 밖의 다른 삶이라고는 산 적이 없는 것 같다. 엘렌은 달이었다. 우윳빛 피부에 짙은 갈색 머리칼, 약간 겁에 질린 듯한 올빼미 눈, 온 세상을 그 안에 담고 있는 미소. 나는 우리가 결혼하던 날 그녀가 지었던 그 미소를 다시 본다.

하지만 우리 삶에서 가장 행복했던 순간들은 추억의 앨범 속에 붙여놓은 순간들이 아니다. 나는 우리가 그저 서로를 사랑했던 시간들을 기억한다. 나이 든 노부부를 보면서 그들을 닮고 싶어 했던 시간. 깔깔대며 웃던 시간. 시트 속에서 나른하게 뒹굴던 새하얀 아침의 시간.

이렇듯 보여줄 것도, 이야기할 것도 없는 아주 사소한 시간들이야말로 제일 아름다운 순간들이다. 나의 기억을 채워주는 시간들도 바로 그런 순간들이다.

엘렌은 늘 그랬던 것처럼 여전히 아름답다.

세상을 떠난 자의 눈을 감겨주는 것은 어떤 의미에서는 그에게 삶을 돌려주는 것이다. 엘렌은 여전히 아침마다 내가 잠에서 깨어나는 모습을 지켜보던 그 엘렌과 닮아 있다. 그녀의 초췌한 육신 곁에 내 몸을 눕혀 그녀를 따뜻하게 덥혀주면서 내가 이제껏 만난 여자들 가운데 그녀가 제일 예쁘다고 말해주고 싶다. 그러고는 나도 눈을 감고서 멜빌이 우리를 부를 때까지, 아이가 구겨진 시트 속으로 파고들어 올 때까지 기다리고 싶다.

엘렌은 사랑이 나누어 가질 수 있는 것인지 나에게 자주 묻곤 했다. 아이가 태어난 후에도 내가 그녀를 여전히 사랑할 것인지도 물었다. 정작 아이가 태어나자 더 이상 그 질문은 하지 않았다.

나는 운다. 그러면서 한 시간, 아니 최소한 하루, 어쩌면 한평생 당신 곁에 머물러 있고 싶다고 그녀에게 말한다. 그렇지만 이제 그녀를 떠나야 한다. 월요일이 저물어야 하니까. 오늘, 11월 16일에 태양은 이제 우리의 새로운 "옛날 옛적에……" 위로 떠오른다. 두 사람이 충성을 맹세했던 아름다운 달님의 도움 없이 홀로 커가는 아비와 아들의 이야기.

"선생님, 이제 그만 나가셔야 합니다……."

이제 연주는 시작되어도 좋다

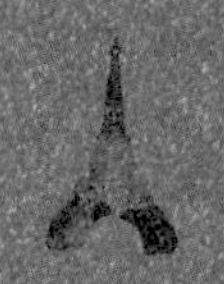

2015년 11월 16일

오전 11시

나는 막 법의학 연구소를 벗어난다. 그녀를 보고 나니 기분이 한결 낫다. 엘렌은 테러범들이 파리에 몰고 온 캄캄한 밤 속에서 혼자 이틀을 보냈다. 빛의 도시 파리는 그녀의 두 눈이 감김과 동시에 빛을 잃고 어둠에 잠겼다. 온 세상을 다 담을 만큼 커다란 두 눈. 더 이상 아들이 잠에서 깨어나는 모습조차 지켜볼 수 없게 된 커다란 두 눈.

법의학 연구소에서 나오자 내 머릿속엔 한 가지 생각밖에 떠오르지 않는다. 어린이집으로 멜빌을 데리러 가야 한다. 아이를 만나서 엄마를 보고 왔다고, 엄마를 데려왔다고 말해주어야지.

나는 아이의 엄마를 데려왔다. 아이의 엄마는 이제 어딘가에서 길을 잃고 헤매는 것이 아니라 바로 내 손안에 있으며, 그러므로 우리와 함께 집으로 돌아갈 수 있다.

하지만 그에 앞서 엘렌의 가족과 커피라도 한잔하면서 다음 일, 그러니까 장례식이며 경찰 조사, 심리 지원 등, 슬픔을 오염시키는 모든 행정적인 절차들을 의논해야 한다. 사랑하는 이를 잃은 슬픔에 대해서라면 저마다 그것이 모든 물질적 조건에서 저만큼 비켜서 있는 순수한 것이라고 상상하는데, 장례라는 현실이 재빨리 그러한 상상을 무시하고 제 목소리를 높인다. 심지어 우리에게 닥친 일을 제대로 인식할 여유조차 없이 검은 상복을 차려입은 사람들이 뇌까리는 "상사 말씀……"의 무한 반복 예식이 시작되는 기분이다.

"자넨 장의사를 만나 봐야 할 거야. 원한다면 내가 도와줄 수도 있네."

침묵.

금요일 저녁부터 나는 언어라는 것의 사용을 거의 잊고 지냈다. 세 마디가 넘어가는 문장을 듣노라면 어느새 피곤해졌다.

생각의 결과물이라고 해야 할 단어들을 하나씩 하나씩 이어갈 일을 생각하면 기운이 쭉 빠져버리는 것이었다. 어차피 나는 생각조차 할 수 없는 상황이었으니까.

내 머릿속엔 찾아내지 못한 엘렌, 내가 지켜주어야 할 멜빌, 그리고 그 밖의 나머지 것들을 모조리 흐릿하게 만들어버리는 웅웅거리는 소리뿐이었다. 아주 간단한 질문에도 나는 침묵으로 답했다. 제일 운이 좋은 몇몇 사람들은 내 입에서 나오는, 표현력이라고 할 만한 것을 지닌 구시렁거림을 들을 때도 있다. 그러면 그 사람들은 그것으로 미루어 내가 배가 고픈지, 오늘 저녁 내 곁에 남아 있어주는 편이 나은지, 담배에 불을 붙이기 위해 나한테 불을 제공해주어야 하는지를 판단했다. 엘렌을 만난 이후 웅웅거리는 이명은 잦아들기 시작했으며, 굳어 있던 내 혀도 차츰 풀려간다.

"바가지 쓰지 않으려면 정신 바짝 차리고 꼼꼼하게 가격을 비교해 봐야 하네. 원한다면 내가 같이 가 준다니까!"

"제가 혼자 알아서 하겠습니다."

"다른 사람들의 죽음을 이용해서 돈벌이를 하려는 자들이 득실거린단 말일세!"

나는 자리를 뜬다. 아이를 찾으러 가야 한다.

일은 돌아오는 자동차 안에서 시작되었다. 우리를 태우고 운전하던 동서는 한쪽 발로 신경질적으로 자동차 바닥을 쿵쿵 찍어대는 내 꼴을 보더니 나를 안심시킨다. "어린이집엔 제시간에 닿을 테니 걱정 마세요."

내가 이런 몸짓을 한 이유는 늦을지 모른다는 불안감으로 인한 스트레스 때문이 아니라 자기만의 리듬을 강요하는 말들 때문이었다. 하나씩 하나씩 이어지는 단어들, 아니 동시에 한꺼번에 터져 나오는 말들. 어떤 말들은 들어오는가 하면 나가는 말들도 있고, 나가지 않고 악착같이 매달리는 말들이 있어서 그 말들이 다른 말들을 불러들이기도 한다. 그렇게 되면 각각의 말들은 고집스럽게 자기만의 음악을 연주하기 시작하는 것이다. 오케스트라의 합주가 시작되기 몇 초 전 각각의 악기가 저마다 음을 고르듯이 말이다. 산만하게 흩어진 채 제멋대로 귀에 거슬리는 소리들이 들려오는가 싶다가 어느 순간 갑자기 음표들이 섞이면서 우리의 등골을 타고 솟아오른다. 그 소리가 점점 더 강력해져서 절대적인 침묵에 도달하면 비로소 제대로 된 연주가 시작된다.

멜빌과 다시 만나게 되어 행복하다. 어린이집 문을 밀고 들어가는 나의 아빠 미소는 양팔을 축 늘어뜨린 채 당황한 듯한 표정을 짓고 있는 많은 얼굴들과 맞닥뜨린다. 러시아에서 후퇴하는 나폴레옹 군대와 닮은 듯한 한 무리의 아이들 가운데 멜빌이 혼자 우뚝 서 있다.

멜빌만이 유일하게 그날 나의 미소에 미소로 화답해준다. 멜빌만이 유일하게 그날 내가 자기 엄마를 데려왔음을 알아차린다. 우리는 아이가 좋아하는 길을 따라 집으로 돌아온다. 교통표지판이 제일 많은 길로, 이 표지판들은 그림책과 음악, 문 여닫기 등과 더불어 아이가 제일 좋아하는 것들 가운데 하나다. 멜빌이 한 팔을 높이 치켜든다. "주차 금지!" 15미터도 못 가서 또다시 팔을 올린다……. 이번에도 "주차 금지!" 그리고 또, 또…….

집, 점심식사, 기저귀 갈기, 잠옷, 낮잠, 컴퓨터. 단어들이 계속해서 쏟아진다. 그 말들은 저절로 생각되고 이리저리 무게까지 재어진 끝에, 내가 굳이 나타나라고 지시하지 않았는데도, 나에게로 온다. 이렇듯 단어들이 자신들의 존재를 인정해줄 것을 강요하면 나는 그것들을 그대로 받아들일 수밖에 없다.

단어 하나하나를 골라 그것들을 결합시켰다가 때로는 갈라놓는 뚜쟁이 노릇을 몇 분쯤 한 끝에 하나의 편지가 탄생한다.
"당신들은 나의 증오를 갖지 못할 것이다."

페이스북에 글을 올리기 전에 잠시 망설이는 동안 동생은 내가 이틀째 하지 않았던 일을 하라고 재촉한다.
"점심 다 됐어. 와서 먹어!"

다시 생각할 겨를이 없다. 마음을 되돌리고 싶지도 않다. 전화번호도 모르는 엘렌의 친구들과 이따금씩 소식을 주고받던 페이스북 사이트의 측면 탭을 연다. '게시물', 복사하기, 붙이기, 게시. 나의 말들은 이제 더 이상 나에게만 속하지 않는다.

당신들은 나의 증오를 갖지 못할 것이다

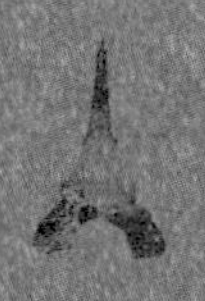

* 이 글은 저자가 파리 테러가 일어난 지 사흘 뒤인 2015년 11월 16일 자신의 페이스북에 올린 것이다. 이 편지 형식의 글이 책의 단초가 되었으며, 책의 제목이 되었다. 한국어판에는 저자가 처음 페이스북에 올린 원문을 글 뒤에 함께 실었다.

금요일 저녁 당신들은 예외적인 한 사람, 내 필생의 사랑이자 내 아들의 어머니인 한 여인의 생명을 도둑질했다. 그렇지만 당신들은 나의 증오를 갖지 못할 것이다. 나는 당신들이 누구인지 알지 못하지만 알고 싶지도 않다. 당신들은 죽은 영혼에 불과하기 때문이다. 당신들에게 맹목적인 살인마저 요구하는 신이 정말로 우리를 그의 모습대로 만들었다면 내 아내의 몸에 박힌 총알 하나하나가 그 신의 심장에도 상처를 냈을 것이다.

아니, 어림없다, 나는 절대 당신들에게 증오라는 선물 따위는 줄 마음이 없다. 당신들은 그걸 원했을 테지만, 증오에 분노로 답하는 것은 당신들을 지금의 당신들로 만든 그 무지함에 굴복하는 것일 터이다. 당신들은 내가 두려움에 떨고, 내 이웃들을 경계심 어린 눈으로 바라보며, 내가 안전을 위해 자유를 희생시

키기를 원할 것이다. 하지만 그렇다면 당신들은 패배한 것이다. 나는 여전히 시합을 계속 중이니.

나는 오늘 아침 그녀를 보았다. 여러 날을 밤낮없이 기다린 끝에 드디어 만난 것이다. 아내는 그 금요일 저녁에 집을 나설 때처럼 변함없이 아름다웠다. 내가 12년도 더 전에 미친 듯이 사랑에 빠졌을 때와 똑같이 아름다웠다. 물론 나는 그녀를 잃은 슬픔으로 만신창이가 된 것이 사실이다. 그 점에 있어서는 당신들이 승리했음을 나도 인정한다. 하지만 당신들이 얻은 그 승리는 그리 오래가지 못할 것이다. 나는 아내가 매일 우리와 함께 할 것이며, 당신들은 발을 들여놓을 수 없는 자유로운 영혼들의 천국에서 우리가 다시 만날 것임을 알고 있기 때문이다.

나의 아들과 나, 우리는 이제 둘이 되었다. 그렇지만 우리는 이 세상 모든 군대보다도 강하다. 나에게는 당신들에게 할애할 시간조차 없다. 낮잠에서 깨어난 멜빌에게 가 봐야 하기에. 그 아이는 이제 겨우 열일곱 달이 되었다. 아이는 언제나처럼 간식을 먹어야 하고, 그러고 나면 우리는 언제나처럼 함께 놀 것이다. 이 어린 사내아이는 감히 평생 행복하고 자유로운 삶을 삶으로써 당신들에게 도전할 것이다. 어림없다. 당신들은 이 어린 아이에게서조차도 증오심을 가져갈 수 없을 것이다.

"Vous n'aurez pas ma haine"

Vendredi soir vous avez volé la vie d'un être d'exception, l'amour de ma vie, la mère de mon fils mais vous n'aurez pas ma haine. Je ne sais pas qui vous êtes et je ne veux pas le savoir, vous êtes des âmes mortes. Si ce Dieu pour lequel vous tuez aveuglément nous a fait à son image, chaque balle dans le corps de ma femme aura été une blessure dans son cœur.

Alors non je ne vous ferai pas ce cadeau de vous haïr. Vous l'avez bien cherché pourtant mais répondre à la haine par la colère ce serait céder à la même ignorance qui a fait de vous ce que vous êtes. Vous voulez que j'aie peur, que je regarde mes concitoyens avec un œil méfiant, que je sacrifie ma liberté pour la sécurité. Perdu. Même joueur joue encore.

Je l'ai vue ce matin. Enfin, après des nuits et des jours d'attente. Elle était aussi belle que lorsqu'elle est partie ce vendredi soir, aussi belle que lorsque j'en suis tombé éperdument amoureux il y a plus de douze ans. Bien sûr je suis dévasté par le chagrin, je vous concède cette petite victoire, mais elle sera de courte durée.

Je sais qu'elle nous accompagnera chaque jour et que nous nous retrouverons dans ce paradis des âmes libres auquel vous n'aurez jamais accès.

Nous sommes deux, mon fils et moi, mais nous sommes plus forts que toutes les armées du monde. Je n'ai d'ailleurs pas plus de temps à vous consacrer, je dois rejoindre Melvil qui se réveille de sa sieste. Il a dix-sept mois à peine, il va manger son goûter comme tous les jours, puis nous allons jouer comme tous les jours, et toute sa vie ce petit garçon vous fera l'affront d'être heureux et libre. Car non, vous n'aurez pas sa haine non plus.

시간의 주인

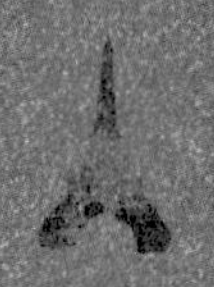

2015년 11월 17일
오전 10시 45분

초인종이 울린다.

기다리는 사람이라고는 없는데. 나는 문구멍으로 밖을 관찰한다. 문 앞에 웬 남자가 서 있다. 두 귀가 옆으로 활짝 펴진 남자다. 남자의 얼굴 가운데에서 그 부분만 도드라져 보인다. 눈이며 입, 코 등 나머지 부분만 놓고 보면 남자는 어디에 가도 전혀 눈에 띄지 않을 성싶다. 그는 아무나이면서 동시에 아무도 아니다. 나는 문을 연다.

"안녕하십니까, 선생……."

남자는 낡은 정복 차림이다. 그가 오른손에 들고 있는 서류철 위엔 종이 한 장이 놓여 있다. 나는 그를 머리끝부터 발끝까지 천천히 오랫동안 무심한 태도로 훑어본다. 남자는 나를 똑바로 응시하면서도 영 무안한 기색을 감추지 않는다. 그러더니 그가 먼저 말문을 연다.

"전기 계량기 검침 나왔습니다."

아, 방문 예고 우편물을 받았던 사실을 기억했어야 했는데. 엘렌이 그 우편물을 눈에 잘 띄도록 냉장고 문에 붙여놓았었다. 하루에도 몇 번씩이나 그 앞을 지나다녔지만 요즘의 나는 세상 일에 눈을 감아버리고 있었다.

"들어가도 되겠습니까?"

나는 언젠가 달이 사라지게 된다면 바다는 우는 모습을 들키지 않기 위해 썰물 때처럼 저만치 뒤로 물러날 거라고 생각했다. 바람은 춤추기를 멈출 것이며, 태양도 떠오르기를 원치 않을 거라고 생각했다.

하지만 그런 일은 일어나지 않는다. 세상은 여전히 돌아가고,

전기 계량기 검침도 계속된다.

나는 반쯤 열린 문틈에서 말없이 뒤로 물러선다. 검침원이 내 앞을 지나가는 모습을 물끄러미 바라본다. 그는 산 자들이나 신는 투박한 구두를 신은 채로 우리 집에 들어온다. 내가 그에게 계량기 있는 곳을 가르쳐주지 않아도 그는 자기 일을 잘 안다. 그는 오늘만도 벌써 열 번 넘게, 아니 이번 주에만도 벌써 천 번쯤 검침을 했을지 모른다. 어쩌면 평생 그 일만 하고 살았을 수도 있다. 나는 그가 하는 일을 멀찌감치 떨어져서 지켜본다. 그에게 지금은 그런 걸 할 때가 아니라고 말하고 싶은 마음도 든다. 그는 환영받지 못한다. 그는 밖에서는 이미 삶이 제자리를 찾아가고 있다고 내 귀에 대고 소리를 지르려고 온 걸까. 그렇지만 나는 그의 고함소리를 듣고 싶지 않다.

금요일 이후, 시간의 유일한 주인은 멜빌이다. 아이는 오케스트라의 지휘자처럼 지휘봉으로 우리의 삶에 리듬을 부여한다. 잠에서 깨어나 밥을 먹고 낮잠을 자고 기저귀를 간다. 시곗바늘이 몇 시를 가리키는지는 중요하지 않다. 세상이 언제 잠에서 깨어나야 하는지는 그 아이가 결정하니까. 그러면 나는 그 아이의 세상이 온전할 수 있도록 얌전히 그 결정에 따른다. 나는 매일 멜빌이라는 메트로놈에 맞춰서 모든 음표를 존중하려 애쓰며 같은 교향곡을 연주한다. 일어나기. 껴안기. 아침식사. 놀이. 산책. 음악. 점심식사. 옛날이야기. 껴안기. 낮잠. 일어나기. 간식. 산책. 장보기. 음악. 목욕. 베이비로션 바르기. 저녁식사. 책 읽어주기. 껴안기. 잠자기.

나는 아이에게 그래도 삶은 계속된다는 말 외에 다른 아무 말도 해주지 못한다. 우리 두 사람이 만들어 온 습관에 끈질기게 매달리는 것은, 말하자면 끔찍한 것과 경이로운 것 양쪽 모두를 문 안으로 들이지 않고 문밖에 놓아두겠다는 뜻이다. 그날 밤의 참혹함도, 그 참혹함을 뒤따라온 연민도. 상처도. 그 상처를 감싸주려는 붕대도. 이쪽저쪽 모두 우리 두 사람만의 이미 꽉 짜인 소소한 삶 속엔 들어설 자리가 없다.

때론 방책이 무너지기도 한다. 소리 없이 조용히. "자, 간식 먹을 시간이야."라는 나의 말 뒤에서 멜빌은 꾹꾹 눌러온 울음을 감지하기도 한다. 내 심장이 너무 빨리 뛰니까. 아이는 아빠의 상태가 좋지 않음을 알아차린다. 아이는 우리의 삶에 거대한 구멍이 열리고 있음을 지켜본다. 보이지 않는 괴물이 그 구멍에서 튀어나와 우리를 끌고 가려는 걸 눈치챈다. 우리는 함께 운다. 그러면 구멍이 조금씩 조금씩 닫힌다. 우리는 여전히 건재하다. 오케스트라의 지휘자와 독주자. 우리의 일상은 매일, 끝

없이 반복된다.

주방에서 전기 계량기를 확인하는 남자는, 말하자면 틀린 음정에 해당된다. 나는 그를 관찰하면서 그가 스스로 이 분위기에 어울리지 않는 존재임을 깨닫기를 기다린다. 그는 종잇장 위에 정성스레 몇 개의 숫자를 적어 넣는 것으로 만족한다. 그를 얼른 밖으로 내보내고 싶다. 하지만 그런 짓은 하지 않는다. 그저 문틈 사이에 서서 여전히 돌아가고 있는 세상을 향해 몸을 기우뚱할 뿐이다. 나도 모르게 우리 집으로 비집고 들어오는 삶을 향해. 나에게 다른 선택이 없음을, 내가 여전히 살아 있음을 상기시키는 낯선 자들을 향해.

"다 됐습니다. 이제 끝났습니다, 선생님."

문이 닫힌다. 이제 다시 음정이 맞는다. 어린이집으로 멜빌을 데리러 가야 할 시간이다.

집에서 만든 음식

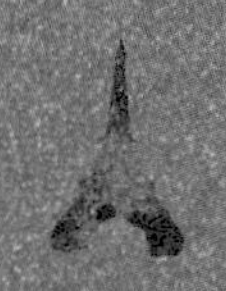

2015년 11월 18일

오전 11시 30분

노리개 젖꼭지를 입에 문 멜빌과 담배를 양 입술 사이에 끼운 내가 돌아가기 전에 어린이집 원장님이 나를 붙잡는다.

"살로메의 엄마가 집에서 만든 수프를 가져왔어요. 아이랑 드시라면서……."

엘렌이 떠나고 난 후 전 세계의 모르는 사람들이 나에게 아들을 돌봐주겠다고 제안하거나, 지구촌 곳곳으로 휴가를 오라는 초대가 빗발친다. 아들 앞으로 양말이며 털모자를 비롯해 각종 선물들과 수표들도 속속 도착한다. 그 수표들은 하나도 은행에

예치하지 않았다. 어린이집에 아이를 보내는 엄마들은 화요일 아침부터 행동에 들어갔다. 아직도 젖먹이 상태의 아기들을 돌보는 이 엄마들은 우리가, 엄마도 없는 집에 동그마니 홀로 남은 가엾은 두 남자가 어떻게 지내는지 상상조차 하기 힘든 모양이었다. 그래서 엄마들은 멜빌이나 내가 이러니저러니 의견을 말할 사이도 없이 우리를 돕기 시작했다.

매일 어린이집 문을 밀고 들어갈 때면 "누구 엄마시죠?"라는 소리가 들린다. 나는 멜빌의 아빠라고 대답한다. 어린이집에 아이를 보내는 엄마들은 아이들의 나이가 같기 때문에, 아이를 키우는 일이 얼마나 힘든지 잘 알기 때문에, 엄마와 아이를 이어주는 연결 관계가 어떤 건지 알기 때문에, 나에게서 남자, 즉 엄마는 절대 되어줄 수 없는 아빠만을 본다. 아이와 단둘이 있으면 아무것도 할 줄 모르는 아빠. 나는 그 엄마들의 눈길에서 불안을 읽는다. 모든 사람들이 나를 슈퍼 대디로 상상하더라도 그 엄마들만큼은 내가 그냥 보통 아빠라는 걸 안다.

"이거, 가방에 넣어드릴까요?"

나는 저녁에 먹을 만한 작은 유리병 하나 정도일 거라고 예상한다. 그런데 냉장고에서는 당근, 감자, 단호박을 정성껏 갈고 또 갈아서 만든 수프를 뚜껑 바로 아래까지 꽉 채운 커다란 밀폐용기 하나가 나온다.

"내일은 야나의 엄마가 음식을 만들어 오겠대요."

일은 그렇게 시작되었다.

우리 둘은 엄청나게 큰 그릇을 들고 집으로 돌아왔다. 다음 날, 나는 두 번째 밀폐용기를 들고 멜빌을 데려왔다. 이번엔 당근 단호박 시금치 수프.

이윽고 엄마 부대가 결성되었다. 태어난 지 겨우 열일곱 달 된 어린 녀석의 자그마한 배를 채워주겠다는 제안이 너무 많았다. 그래서 짜임새 있게 조직할 필요성이 대두되었다. 순서를 정해서 한 번에 한 사람씩.

목요일엔 어린이집에서 나오는 나의 작은 가방 안에 한 개가 아니라 두 개의 음식물 용기가 들어 있었다. 마농의 엄마는 병 하나를 작은 천 보자기로 싼 다음 그 위에 용기 안에 든 내용물을 일일이 적어놓았다. "당근, 단호박, 콩깍지." 두 번째 병엔 "브로콜리 퓌레, 감자, 옥수수, 마늘, 잘게 간 양고기"라고 적힌 종이가 붙어 있었다. 그 엄마는 여러 번씩 포장을 바꾼 모양이었다. 병뚜껑과 내용물을 적은 메모지를 매단 고무줄 색을 공들여 고른 흔적이 엿보였다. 그 엄마가 우리에게, 나에게 전해주고자 하는 모든 것이 이렇게 작은 병으로는 다 담을 수 없어서 넘친다는 듯이. 그래서 가방에까지 종이접기로 만든 학을 붙여서 넘치는 마음을 마저 담아야 한다는 듯이. 마치 병뚜껑을 열 때 우리와 함께 있기를 원한다는 듯이. 그리고 그 병을 비운 후에도 병과 더불어 나의 내면이 보살펴지기를 확인하려는 듯이.
"맛있게 먹으렴, 멜빌. 마농과 마농 엄마가."

금요일은 빅토르 엄마 차례였다. 그 엄마는 캐러멜 색이 될 때까지 졸인 사과와 배 조림 요리 전문이었다. 그 엄마는 항상 가방 안에 음식과 더불어 다정한 글귀를 적은 쪽지를 넣었다.
"사랑하는 앙투안과 멜빌, 필요할 땐 언제든 내가 있으니 걱정 말아요."

금요일은 또한 내가 빈 용기들을 돌려주는 날이기도 하다. 식사 당번 체제를 관리하는 어린이집 원장은 내가 할 일을 알려주었다. 용기를 깨끗이 닦고 잘 말려서 가방 안에 넣어서 돌려줘야 한다고. 그러면 나는 그것들을 그다음 주 월요일, 멜빌을 데리러 갔을 때 다시 전달받게 될 거라고.

요컨대 일은 그런 식으로 진행되었다. 나와는 아무런 의논도 없이, 어린이집 엄마들이 매일 멜빌에게 엄마의 사랑이 담뿍 담긴 음식들을 먹이겠다고 두 팔을 걷어붙이고 나선 것이었다.

엘렌이 임신을 하게 되자 우리는 이 세상에서 제일 좋은 부모가 되자고 맹세했다. 그러다가 결국 우리는 음식에 관한 야심만큼은 단념함으로써 제일까지는 아니더라도 어쨌든 좋은 부모가 되자고 결심했다. 덕분에 멜빌은 슈퍼마켓에서 파는 간편한 이유식에 길들여졌다. '살로메 엄마표' 수프의 첫 숟가락은 마룻바닥을, 두 번째 숟가락은 녀석의 잠옷을, 세 번째 숟가락은 식당 벽을 장식했다. 그것으로 끝이었다.

멜빌은 어린이집 엄마들이 집에서 만든 그 음식들을 한 입도 먹지 않았다. 나는 개수대에 밀폐용기를 채운 내용물을 비웠다. 그릇을 씻어서 돌려줄 때면 멜빌이 깨끗하게 비웠다는 말을 잊지 않았다.

"멜빌이 수프를 좋아하던가요?" 그렇다는 표시로 입술을 약간 비죽거린 후, 아무에게도 해가 되지 않는 이 거짓말이 마음에 걸린 내가 식탐 가득한 미소를 지어 보이면 상대 엄마는 크게 기뻐하는 눈치다. "그럼요, 녀석이 다 먹었는걸요." 그러면 멜빌은 하필이면 그 순간에 먹기 싫다는 의사를 표시하려는 듯 냅다 고함을 지른다.

나는 엄마들이 흡족해할 때까지 이 악의 없는 거짓말이 지속되도록 내버려두었다. 엄마들은 엄마의 사랑이 너무도 부족하리라 생각되는 멜빌에게 그네들이 가진 사랑을 조금이나마 나누어주기를 소망했으므로, 나는 잠자코 그네들이 내민 사랑을 받았다. 멜빌이 그 수프들을 먹는지 먹지 않는지는 중요하지 않았다. 나는 내 아들이 자기 엄마의 사랑은 더 이상 누리지 못할지라도 다른 엄마들의 사랑이 담긴 과일 조림을 통해서 그네들의 따뜻한 정을 듬뿍 받을 수 있다는 사실을 깨달았다.

나에게는 그 엄마들에게 멜빌이 사실은 그네들이 만든 수프며 과일 조림을 하나도 먹지 않았으며 앞으로도 그것들이 아이의 배로 들어갈 일은 없을 거라고 털어놓을 용기 따위는 없었다. 그건 아마도 내용물이 전혀 줄어들지 않고 가득 찬 상태로 찬장 선반에 놓여 있다 하더라도 그 음식 용기들이 달콤한 맛을 지닌 엄마의 다정함으로 우리의 마음을 살지게 해주기 때문일 것이다.

N.

2015년 11월 19일
저녁 9시

간밤에 N.이 나에게 편지를 보냈다. 내가 그에게 엘렌의 사망 소식을 전해준 이후로 우리는 만나지 않았다. 그런데 그가 나를 만나고 싶어 한다. 나는 테라스의 테이블에 앉아 그를 기다린다. 주변은 주중의 저녁 무렵 파리의 카페 테라스에서 늘 들리는 웅성거림으로 부산스럽다. 예전에도 그랬던 것처럼. 길모퉁이에서 그의 모습이 보인다. 그는 다리를 절룩거린다. 그의 한쪽 엉덩이엔 금요일 저녁의 참혹상을 보여주는 증거물처럼 구멍이 뚫렸다. 나는 애써 상황에 맞는 표정을 지으려 노력해보다가 얼른 마음을 고쳐먹는다. 연기를 하고 싶은 마음은 전혀 들지 않는다.

나는 그를 품에 끌어안는다. 금요일 이후 내가 본 가장 환한 미소가 눈에 들어온다. "나는 살아 있다"고 말하고 싶은 욕망을 억누르지 못하는 미소. 그렇다, 그는 살아 있다. 그가 자리에 앉자마자 모든 걸 털어놓기 시작한다. 콘서트의 시작. 바에서 마신 맥주. 관람석을 메운 관객들. 이윽고 들려온 총성. 요란스러운 소리와 냄새, 시체들. 나는 아주 작은 디테일 하나도 빠짐없이 다 듣는다. 잠시도 말을 멈추지 않는 그는 나에게 나의 삶을 송두리째 앗아간 그 몹쓸 영화를 빠른 화면으로 보라고 강요하는 셈이다.

그날 저녁 나는 N.에게 전화를 걸었다. 백 번, 아니 천 번쯤. 분명 일이 벌어지고 있는 동안에도 걸었고, 분명 일이 끝난 다음에도 걸었을 것이다. 그러다가 마침내 그가 전화를 받았을 때 나는 그가 그저 엘렌도 무사하다고 말해주기를 기대했다. 만사가 순조롭다고, 그녀가 그와 함께 있다고, 아마도 그녀가 약간 상처를 입은 것 같긴 한데 곧 나을 거라고 말해주기를 내심 소망했다. 두 사람이 용케 잘 빠져나와서 파리의 어둠 속을 달렸다고 말해주기를 기도했건만. 내 귀엔 벌써 살아남은 자들의 신경질적인 웃음소리가 들린다. 그가 악몽을 꾸고 있는 나를 깨워주리라고 기대했건만.

"나는 아무 말도 할 수 없어."

이 만남을 위해 그가 아껴두었던 말들만큼이나 무거운 침묵. 그 침묵과 더불어 의혹의 지평이 눈앞에 펼쳐졌다. 가장 암울한 절망과 가장 넋 나간 희망. 죽은 동시에 살아 있는 엘렌.

이제 나는 안다. 그가 주인공인 두 개의 이야기 사이에서 나는 어째서 그가 엘렌이 이미 그의 품에 안겨 숨을 거두었다고 말하지 않았는지 이해한다. 나는 그때의 그가 지금 내가 보고 있는 생존자가 아니었음을 비로소 깨닫는다. 그는 여전히 지금도 멈추지 않고 계속 연출되고 있는 그날의 현장에 갇혀 있다. 그렇기 때문에 나는 그가 그땐 아무 말도 할 수 없었노라고 사과할 때, 그를 원망하지 않는다. 그의 영화 속에서는 등장인물들이 죽지 않는다. 그런데 이건 그의 영화가 아니다. 다시는 떠오르지 않는 달의 이야기이다. 그는 아직 그 사실을 깨닫지 못하고 있다.

분 단위로 숨 가쁘게 그의 이야기를 따라간다. 내 눈앞엔 무대가 손에 잡힐 듯 선하다. 나는 잠자코 그 장면들을 머릿속에 담는다. 멜빌이 머지않아 엄마가 어떻게 세상을 떠났느냐고 물어올 것임을 아니까. 녀석이 모든 것을 알고 싶어 하리라는 걸

짐작하니까. 그래서 난 얌전히 듣는다. 나는 이미 시작된 내 인생의 비극, 화자를 기다리지도 않고 성급하게 시작해버린 그 비극을 고작 관객이 되어 듣고 있는 것이다.

그가 그날의 일에 관한 이야기를 끝낸 다음 우리는 곧이어 아무 일도 없었다는 듯이 이런저런 대화를 나눈다. 총알이 관통한 그의 엉덩이, 멜빌의 낮잠, 다시 문을 연 그의 가게……. 흥분기가 우리 두 사람의 몸을 타고 흐른다. 나는 다시 사춘기 소년으로 돌아간 우리 두 사람을 본다.

맥주잔이 비었다. 우리는 앞으로 절대 헤어지지 말자고 다짐한다.

용기를 내세요……

2015년 11월 20일
오전 10시 10분

이제, 누군가가 나에게 "잘 지내?"라고 묻는다면, 그 사람은 나에게서 의례적인 답변, 그러니까 "응, 잘 지내. 넌?" 같은 응답을 기대해선 안 된다. 그런 답변은 별일 없으니 다음 이야기로 넘어가자는 암묵적인 허락에 해당되니까.

나는 모두가 알다시피 전혀 잘 지내지 못하며, 그래서 내가 그렇게 대답하고 나면 사람들은 평소처럼 날씨나 전날 본 TV 프로그램, 사무실에 떠도는 뒷담화 같은 주제로 넘어가지 못한다. 요즘엔 누군가가 나에게 "잘 지내……?"라고 물을 때 예전보다 훨씬 느린 말투에, 특히 '잘'이라는 음절을 말할 때면 거북

한 침묵을 피하기 위해 약간 질질 끄는 듯한 음성으로 말한다. 그러면서 얼굴을 약간 숙이는데, 대체로 오른쪽으로 숙이며, 이때 눈썹은 조금 올라가는데, 주로 왼쪽 눈썹이 올라가며, 입은 마치 "무슨 말이든 들을 준비가 되어 있다"고 말하듯 살짝 오므라든다. 그런 다음엔 어린아이가 병 밑바닥에 거의 숨어 있다시피 들어 있는 분홍색 사탕, 다시 말해 아이가 가장 좋아하는 색깔의 사탕을 꺼내기 위해서 병 안으로 손을 집어넣는 것처럼 내 안으로 깊숙이 들어오려는 듯한 눈길을 보낸다. 나에게는 슬픔이 분홍색 사탕인 셈이다.

사람들은 나를 만나고 싶어 한다. 만나서 이야기를 하고 나를 만져보려 한다. 나는 말하자면 토템이다. 사람들은 마치 슬픔에도 리히터 스케일(Richter scale. 지진 규모.—옮긴이) 같은 척도가 있다는 듯이 이를 평가하고 측정하고 정량화하면서, 나와 마찬가지로, 정말로 '큰 놈'과 마주하고 있음을 새삼 확인하는 것이다. "한 세기에 한 번에서 다섯 번 미만으로나 발생할 법한 지진. 규모 9. 특징: 모든 것을 휩쓸어갈 정도로 격렬함. 결과: 진앙 주변 1000킬로미터도 넘는 지역을 대대적으로 파괴."

그런 까닭에 나에게는 "응, 잘 지내. 넌?"이라는 대답만큼이나 피상적인 다른 대답이 절실했다. 나의 감정 상태에 대한 진

단이 미처 떨어지기도 전에 관련 대화를 마무리하고, 질문을 던진 상대방에게 대화의 주도권을 넘겨주는 이중의 효과를 지닌 대답. 하지만 결국 별다른 묘안을 찾지 못한 나는 "이런 상황에 있는 사람들처럼 지내."라는 대답 정도로 타협을 보았다. 그 정도면 한 단계쯤 내려갈 수 있지 않을까. "규모 8. 특징: 불가항력. 결과: 진앙에서 반경 수십 킬로미터 떨어진 곳까지 포함하여 모든 건물들에 엄청난 손상." 하지만 이것만으로는 충분하지 않다.

그래서 나는 상대를 안심시키는 미소도 지어 보인다. 모든 사람들에게 똑같은 미소를 보낸다. 두 입술은 꾹 다문 채 한쪽 입가만 살짝 들어 올리는 것이다. 그러면 즉시 효과가 나타난다. "규모 7. 특징: 매우 강력함. 결과: 광대한 지역에 심각한 피해를 야기할 수 있으며, 진앙과 가까운 곳에서는 내진 설계가 된 건물들만 버틸 수 있음."

"이런 상황에 있는 사람들처럼 지내."는 말하자면 내진 설계가 된 건물이다. 그건 천재지변이 훑고 지나간 후 사람들이 사진으로 남기는 것, 다른 모든 것은 폐허가 되었지만 기적처럼 홀로 살아남아 버티고 서 있는 작은 오두막집 같은 것이다. 별거 아니지만, 그래도 버티고 있다는 점이 중요하다.

나는 겉모습 관리에 만전을 기한다. 상대의 손을 잡고서 내가 상영하는 영화의 무대인 합판으로 만든 도시를 보여주며 그를 안심시키는 것이다. 합판으로 만들어진 도시의 길들은 깨끗하고, 그곳에서의 삶은 지극히 정상적으로 흘러가는 듯하다. 하지만 그 도시의 건물들이란 그저 외관에 지나지 않으며, 주민들은 단역 배우들일 뿐이다. 겉보기에 정상적이라고 여겨지는 것 뒤로는 아무것도, 정말 아무것도 없다. 이 가시지 않는 불안감을 빼면 말이다. 모두가 다른 영화를 보러 가면 무슨 일이 벌어질까? 영화 세트 속에 나만 홀로 남게 되면 어떻게 될까?

"너한테 일어난 일은 정말로 유감이야. 용기를 내……."

나는 아직 이 말을 하는 상대에게 해줄 피상적인 응답을 찾지 못했다. "다음에 보자"는 약속처럼 들리고, "몸 잘 챙겨"는 초대의 말 같은 반면, "용기를 내"는 최종 판결처럼 들린다. 그 말은 짧은 대화를 통해서나마 나에게서 덜어내 주려는 슬픔을 고스란히 다시 안겨준다. 치네치타(Cinecitta. 이탈리아에서 가장 큰 영화 촬영지.-옮긴이)의 합판 도시를 잿더미로 만들어버리는 잔인한 두 마디. 대화는 보통 그런 식으로 끝난다. 세트가 치워지고, 단역 배우들이 떠나버리면 나도 가면을 벗는다.

손가락 끝 살점

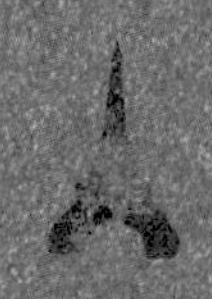

2015년 11월 21일

오후 5시 30분

5시 30분은 저주받은 시간이다. 우리의 하루 중에서 지워버리고 싶은 시간. 아무짝에도 쓸모없는 어정쩡한 시간. 저녁은 아직 먹기 전이다. 멜빌은 놀기엔 너무 흥분한 상태고, 나는 녀석에게 주의를 기울이기엔 너무 피곤한 상태다. 우리는 따분하다. 주변을 빙빙 배회하며 서로 피하고, 상대를 탐색한다. 누가 먼저 지칠 것인가. 우리는 시간이 빨리 흘러가기를 바란다.

마침내 6시 30분.

"목욕할 시간이다!"

내가 천만다행이라는 듯이 외칠 때면 우리 두 사람의 얼굴이 환해진다. 목욕은 우리가 함께 나누기 좋아하는 시간이다. 멜빌은 어항 속의 작은 물고기이고 나는 어항에 코를 박고 물고기가 헤엄치는 걸 지켜보는 어린아이가 된다. 이따금씩 나는 장난치려고 손가락을 가져간다. 그러면 멜빌이 그 손가락들을 깨물려고 수면으로 올라온다. 아이는 즐거움에 겨워서 팔딱거린다. 하루 동안 쌓였던 걱정 따위는 어항 바닥으로 곤두박질친다. 그것들은 목욕이 끝나고 나면 두려움과 눈물, 불만으로 이루어진 진흙이 되어 어항 바닥에 쌓인다.

혼자가 되니 전과 같지 않다. 예전엔 셋이 함께 보내는 시간이었다. 일종의 의식. 내가 멜빌을 붙잡고 있으면 엘렌이 씻겼다. 그런 다음엔 같이 놀고, 노래하고, 물장난치고, 서로에게 물을 튀기고, 그러면서 실컷 웃었다.

오늘은 그때에 비해서 훨씬 덜 웃는다. 그래도 여전히 재미있는 척한다. 마치 엘렌이 없어도 모든 것이 여전히 존재할 이유가 있기라도 한 듯이. 그녀를 기다릴 때도 있다. 나는 이제 곧 엘렌이 욕실 문을 밀고 들어올 거라고 혼잣말을 하기도 한다. 그녀가 우리에게 올 것이다. 같이 노래도 부를 거고.

"이제 물에서 나올 시간이다!"

나의 어린 물고기는 내 품 안에서 바삐 몸을 움직인다. 멜빌은 심란한 게다. 목욕을 끝내고 나온 아이를 챙겨주는 건 언제나 엄마 몫이었으니까. 세심하게 안무된 무용과도 같은 움직임. 엘렌의 두 손이 부끄러움이라고는 모르는 아이의 작은 몸 위로 미끄러진다. 아이는 엄마의 손길이 닿는 것이 행복해서 두 발을 좋아라 흔들어댄다. 엘렌은 자신과 연결되어 있던 아이의 배꼽에 코를 대고 문지른다. 아이는 간지럼을 태울 때처럼 까르륵 까르륵 웃는다. 엘렌은 어린 계집아이가 인형 머리를 빗기듯 멜빌의 머리를 매만져준다. 아이는 엄마가 보여주는 애정에 한껏 고무되어 가슴을 부풀린다. 무용이 끝나면 두 무용수는 가볍게 입을 맞추고 서로에게서 떨어진다.

오늘 저녁 나는 육아에서 새로운 경지를 개척한다. 멜빌의 손톱을 깎아주어야 하기 때문이다. 이제껏 내가 한 번도 시도해보지 않았던 일이다. 게다가 이번엔 엘렌이 돌아올 때까지 기다릴 수도 없다. 아이는 꼼짝도 하지 않는다. 한 손으로 아이의 작은 손을 쥔 나는 어느 손가락부터 시작해야 할지 몰라 망설이면서 가위를 가까이 가져간다. 아이는 조바심이 나는 눈치다. 나는 과감하게 새 임무를 향해 돌진한다.

비명 소리가 정적을 가른다.

아이를 바라본 나는 안도한다. 아이는 놀란 표정으로 나를 바라본다. 비명을 지른 건 분명 아이가 아니라 나였다. 방금 나는 아이의 손가락 한 귀퉁이를 잘랐다. 엄지손가락부터 시작하는 게 아니었는지, 저항이 느껴졌음에도 나는 고집스럽게 엄지손가락에 집착했다. 나는 멜빌의 엄지를 살핀다. 실제로 손가락 끝 피부가 조금 잘렸다. 살점이 뭉텅 잘려나간 줄로 알고 기겁했던 손가락은 온전하다. 하지만 살갗이 살짝 떨어져 나간 건 사실이다. 피는 나지 않는다. 나는 아이의 손가락을 내 입속에 넣는다. 어쩐지 양 입술 사이에서 내 심장이 펄떡거린다는 느낌이 든다. 이중으로 상처 입은 자그마한 심장.

혹시 멜빌이 내가 자기를 아프게 하려고 일부러 그랬다고 생각하는 건 아닐까? 내가 고의로 그런 짓을 했다고 생각한다면! 그래서 앞으로 아이가 나를 두려워하게 된다면! 본능적으로 나는 몸을 돌린다. 엘렌을 찾아 이리저리 눈길을 돌린다. 나를 위로해줄 엘렌은 어디에도 없다. 나를 이끌어줄 수도 없고, 내 바통을 이어받을 수도 없다.

고독이 현기증처럼 몰려온다. 나뿐이다. 아직도 손가락이 아홉 개나 남았는데. 나는 몹시 부끄럽다. 나 자신이 한없이 작게만 느껴진다. 아빠 놀이를 하고 싶었지만 놀이의 규칙도 아직 잘 모르는 어린아이처럼. 나는 졌다. 이건 어른이나 할 수 있는 놀이인데 멋도 모르고 덤비다가 손가락 끝을 잘라먹었다. 얼른 항복하고 침대 밑으로 숨어버리고 싶다. 푹 안겨서 마음 놓고 울 수 있는 품이 그립다. 내가 아직 너무 어려서 할 수 없는 일들을 대신 해줄 두 팔이 있으면 좋겠다. 나는 아직 멀었다.

여전히 나를 바라보고 있는 멜빌은 점점 더 놀라는 것 같다. 아이는 울지도 않고, 무서워하지도 않는다. 그냥 거기 가만히 있다. 나도 가만히 있다. 우리는 한 팀이다. 두 명의 모험가. 아이는 내가 얼른 끝내주기만을 기다린다. 그래야 놀 수 있으니까.

나는 다시 도전한다. 멜빌이 나를 인도해준다는 기분이 든다. 자, 아빠, 이렇게 하는 거야. 과연 잘 되어간다. 잘려나간 손톱 조각들이 하나씩 하나씩 마룻바닥에 떨어진다.

침울할 권리

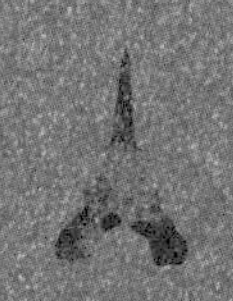

2015년 11월 22일

오전 9시

방금 멜빌을 어린이집에 데려다주었다. 아이는 울지 않았다. 나는 아이가 나를 보지 못하도록 어린이집의 타일 바른 유리벽면 뒤쪽으로 약간 물러서서 어떻게 하는지 지켜보았다. 유리벽면은 그 안에서 물고기들이 헤엄치는 모습을 볼 수 있도록 마련된 커다란 어항 같다. 때로는 그 벽을 톡톡 두드려서 안에 있는 사람들의 눈길을 끌기도 한다. 멜빌은 벌써 음악에 관한 책을 들고 논다. 그 책은 말하자면 책장 몇 쪽을 넘기면서 이 세상의 악기들과 만나는 일종의 여행이다. 반도네온을 연주하는 라마, 발라라이카를 뜯는 곰. 만돌린은 베네치아의 뱃사공 여우 몫이다.

어린이집에서는 모두들 다 안다. 내가 아침에 도착할 때면 저마다 가면을 쓴다. 죽음의 사육제. 내가 아무리 절대 의기소침하지 않는 남자의 우화를 들려줘도 소용이 없다. 나는 그 엄마들의 가면을 벗길 수 없다. 물론 그 엄마들에게는 내가 더 이상 내가 아니라는 사실, 내가 그저 유령, 엘렌의 유령일 뿐임을 알고 있다.

멜빌은 아주 활기찬 꼬마다. 도착하자마자 아이는 가면들을 벗긴다. 발끝으로 살금살금 걸어 들어가면서 나한테 빠이빠이 하며 종알거리고는 미소를 짓는다. 아이가 까르륵 웃으면 장례식에 온 사람들 같던 표정이 어느새 장난감 상자 속으로 굴러 떨어진다.

나는 이제 우리 집으로 돌아간다.

계단을 올라가기 전에 편지함에서 우편물들을 꺼낸다. 편지함 뚜껑을 살짝만 열었는데도 벌써 봉투 한 뭉텅이가 쏟아지면서 각기 다른 크기의 종이들이 내 주변으로 흩어진다. 장문의 편지가 들어 있는 두꺼운 봉투들도 눈에 띈다. 자신의 삶을 나와 함께 나누려는 편지들. 커다란 크라프트지 봉투들 속엔 어린 아이들이 멜빌에게 보내는 그림들이 담겨 있다. 소박한 엽서들도 꽤 된다. 한동안 편지함에서는 말들의 성찬이 각종 고지서를 밀어냈다.

첫 번째 봉투를 연다. 계단을 걸어 올라가면서 봉투 안에 들어 있는 엽서를 꺼내 읽는다. 미국에서 여기까지 와준 따뜻한 위로의 말. 현관 문틈에 이웃 사람이 놓고 간 메모 한 장이 끼어 있다. "아들 때문에 도움이 필요하시면 주저하지 마시고 부탁하세요. 맞은편 이웃."

나는 우편물들을 거실 탁자 위에 흩어놓는다. 좀처럼 보기 힘든 색상의 봉투 하나가 내 눈길을 끈다. 빛바랜 흰색 봉투. 지나간 시대에서 온 편지. 게다가 상단에 주소와 이름까지 인쇄된 편지지. 편지를 보낸 남자의 이름은 필리프. 나는 아코디언 책상 앞에 앉아 있는 백발의 노인을 떠올려보며 그의 말 속으로 빠져든다. 내가 썼던 편지글에 대한 답장이다. 아름다운 글. 빛바랜 봉투 속에 몸을 웅크리니 온몸이 따뜻해진다. 편지지 아래쪽엔, 마치 서명처럼, 이렇게 적혀 있다. "변을 당한 건 당신인데, 그런 당신이 우리에게 용기를 주는군요!"

우리는 멀찍이 떨어져서 무언가를 바라볼 때면 늘 가장 참혹한 것에서 살아남은 자를 영웅이라고 여기는 경향이 있다. 나는 내가 전혀 그렇지 않다는 걸 잘 안다. 운명이 칼을 뽑았고, 그래서 일이 그렇게 되었을 뿐이다. 운명은 나에게 내 의견 따위는 묻지 않았다. 내가 그런 일을 당할 준비가 되어 있는지 따위는 알려고도 하지 않았다. 운명은 그저 엘렌을 데려갔고, 나는 그녀 없이 혼자 잠에서 깨어나야 하는 처지가 되었다. 그 후 나는 내가 어디로 가는지도 모르고, 어떻게 가고 있는지도 알지 못한다. 그러니 나한테 너무 큰 기대를 걸어서는 안 된다. 나는 이 편지를 쓴 필리프를 생각한다. 그리고 나에게 편지를 보낸 다른 모든 사람들을 생각한다. 내가 작성한 편지는 이미 수습할 수 없을 정도가 되어버렸다고 그 사람들에게 말하고 싶다. 그 편지에 적힌 말들이 물론 내 안에서 나온 말임은 인정하지만, 그렇다고 그것이 나의 전부인지는 나도 모르겠다. 내가 어느 날 갑자기 갈피를 잡지 못하고 무너질 수도 있으니까.

문득 나는 무섭다. 내가 그 사람들의 기대에 미치지 못할까 봐 두렵다. 나에게도 용감하지 않을 권리가 남아 있는 걸까? 분노할 권리, 두 손 두 발 다 들어버릴 권리, 기진맥진할 권리, 술을 너무 많이 마시고, 담배를 끊지 못할 권리가 나에게도 있는 걸까? 다른 여자를 만날 권리, 여자라고는 아무도 만나지 않을 권리. 앞으로 더는 절대 사랑하지 않을 권리. 내 삶을 새롭게 시작하지 않을 권리. 다른 삶 따위는 바라지도 않을 권리. 아이와 놀아줄 마음이 들지 않을 권리. 아이를 데리고 공원에 가지 않을 권리. 아이에게 옛날이야기를 들려주지 않을 권리. 실수할 권리. 그릇된 결정을 내릴 권리. 시간이 없을 권리. 아이와 함께 있어주지 않을 권리. 유쾌하지 않을 권리. 냉소적이 될 권리. 몇 날 며칠씩 짜증을 부릴 권리. 늦잠을 잘 권리. 어린이집에 아이를 좀 늦게 데리러 갈 권리. 집에서 직접 만들어보려고 시도한 요리를 망칠 권리. 기분이 좋지 않을 권리. 모든 걸 다 말하지 않을 권리. 그 일에 대해서 말하지 않을 권리. 상투적일 권리. 두려움에 사로잡힐 권리. 아무것도 하고 싶지 않을 권리. 역량이 부족할 권리.

아내의 물건을 정리하며

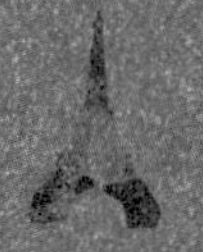

2015년 11월 22일

밤 11시

모든 건 언제나처럼 제자리에 놓여 있다. 난 그저 빨랫감들 속에서 아직도 엘렌의 향기를 머금고 있는 옷가지 몇 개를 챙겼을 뿐이다. 나는 밤마다 그 영원의 향기 속에서 잠들기 위해 그 옷들 속에 내 얼굴을 파묻는다. 나머지 것들은 아무것도 치우지 않았다. 도저히 그렇게 할 수 없다. 그렇지만 이틀 후면 장례식이고, 그때 엘렌에게 입힐 수의를 선택해야 한다. 나는 엘렌이 아무것도 걸치지 않으면 좋겠다. 나도 벌거벗은 채 관 속에 그녀와 함께 눕고 싶다. 그리고 사람들이 관 뚜껑을 덮으면 우리 두 사람은 마침내 그 안에서 서로를 따뜻하게 데워줄 수 있을 것이다.

옷장에 걸린 천 조각들을 내 손이 훑고 지나간다. 각각의 소재마다 추억이 어려 있다. 긴 모직 외투는 어느 겨울날 아침 함께한 산책. 엘렌은 그때 코가 새빨개졌고, 안경이 흘러내려 두 눈이 안경 밖으로 나왔으며, 한 손은 외투 주머니에 넣고, 다른 한 손으로는 내 손을 잡고 있었다. 엘렌은 늘 현재였다. 그녀는 자신이 살고 있는 순간마다 온전하게 충실했다. 그 숲속엔 우리만의 벤치도 있었다. 그곳에서 나는 엘렌에게 청혼했다. 엘렌은 놀라는 척했다.

비닐 백 속엔 조금 바랜 듯한 하얀색 가벼운 망사 스커트가 들어 있다. 세월 때문에 약간 누렇게 변색됐다. 우리가 첫 키스를 나눈 날 입었던 스커트. 망사 조각들이 엘렌 주위에서 춤을 추었다. 채집망 속에 잡힌 나비들처럼. 엘렌은 오르골을 장식하고 있는 무용수 같았다. 앞으로도 그럴 것이다. 곧 돌무덤 속에서는 샘 많은 다른 주검들 사이에 둘러싸여 누군가가 열어주기만 기다리는 오르골 속의 아름다운 무용수를 보게 될 것이다. 그러면 무덤 위쪽에서 멜빌과 나는 오르골에서 흘러나오는 음악 소리를 듣게 될 것이다.

선반 위에 놓인 엘렌의 면 티셔츠들. 음악을 위해 살았던 자유로운 젊은 날의 유물들. 레드 제플린(Led Zeppelin), 미스피츠

(Misfits), 슬리터 키니(Sleater-Kinney), 크램프스(Cramps), 레이먼즈(The Ramones). 엘렌은 로큰롤을 가문의 문장처럼 걸치고 다녔다. 그녀의 관자놀이 근처를 마구 뛰게 만드는 리프와 리듬에 취해 한껏 고양되곤 했다. 한 번도 어정쩡한 태도를 보이지 않았고, 괜한 '척하기'도 찾아볼 수 없었다. 일단 엘렌의 인큐베이터 속에 받아들여지면 그 사람은 확실하게 보호받을 수 있었다. 아낌없이 주는 영혼에게 선택받은 자. 나는 그녀가 자신의 모든 것을 준 행운아였다. 그녀가 사는 왕국의 왕.

나는 조금 더 위쪽 선반에 놓인 화려한 색상의 셔츠 한 벌을 들어 올린다. 하얀 바둑판 무늬 덕분에 명랑한 오렌지색이 약간 차분해진다. 엘렌은 셔츠 밑단을 옆구리 높이 정도에서 묶어 입곤 했다. 그러면 내가 수도 없이 입을 맞춘 그녀의 배꼽 부근 맨살이 살짝살짝 보였다.

엘렌은 여름이었다. 뜨겁고 활기차며 때로는 삼복더위에 축 처지기도 했다. 이따금씩 늦은 오후 무렵 쏟아지는 소나기 때문에 당황스럽기도 하지만, 그래도 여전히 자유로운 계절. 여름엔 밤이 짧다. 그래서 더 사랑하고 싶다.

그녀가 이제 막 시작한 수집품들을 보관하는 상자들 위엔 웨

딩 슈즈가 놓여 있다. 끝이 없을 정도로 길게 치솟은 높은 굽. 발 모양을 따라 발목까지 올라오는 가죽끈 달린 구두는 신고 걸으라고 만들어지지 않은 것이 확실하다. 엘렌은 새 같은 여자라서 그녀의 하이힐들은 상자 속에서 잠자기 일쑤였다. 하지만 그래도 내 귀에는 그 힐들이 내는 또각또각 소리가 들린다. 어느 날 아침, 장난기가 발동한 엘렌이 반쯤 벌거벗은 채로 그 구두들을 신은 적이 있었다. 그저 신어보는 즐거움을 위해서. 나 말고는 아무도 봐주는 사람이 없었지만 아무려나 상관없었다. 그녀는 남의 시선 따위는 개의치 않았다. 그녀는 우리 두 사람이 사는 세상의 균형점이었다. 모든 건 그녀를 중심으로 돌았으니까. 달은 우리의 세계였고, 우리 둘만이 그 세계의 유일한 주민이었다.

화장대 위에서는 뚜껑이 열린 마스카라 용기, 그 옆에 아무렇게나 벗어놓은 안경이 주인이 돌아오기만을 기다리고 있었다. 엘렌은 자기가 너무 평범하게 생겼다고 여겼다. 그래서 늘 화장을 했다.

그녀는 화장대 거울 앞에서 몇 시간 동안이나 얼굴을 다듬었다. 그건 아주 잘 짜인 의식이었다. 화장은 처음엔 피부를 정돈한 다음 파운데이션을 바르고, 이어서 눈, 입술, 그리고 볼 터치 순으로 이어졌다. 아주 좋은 구경거리였다. 무대에 서기 위해

의상을 걸치는 배우처럼 엘렌도 조명 아래에서는 다른 사람이 되었다. 부드럽고 말수 적은 젊은 아가씨가 우아한 기품을 갖춘 귀부인이 되는 것이다.

나는 젊은 아가씨도 우아한 귀부인도 다 사랑했다. 한 사람 안에 또 한 사람이 깃들어 있었으니까. 둘은 함께였고, 그 둘이 바로 엘렌이었으므로.

욕실엔 엘렌의 향수들이 줄을 맞춰 가지런히 정리되어 있다. 이름도 루브(Louve), 바드 수아(Bas de soie), 다튀라 누아르(Datura noir) 등 한결같이 관능적이다.(각각 '암컷 늑대', '비단 스타킹', '검은 독말풀'이라는 뜻.-옮긴이) 드러누운 엘렌의 온몸에 입을 맞출 때 맛본 그 향기들을 내 입술은 지금도 기억한다. 신선한 입술과 보드라운 젖가슴, 약간 굴곡진 등과 윤곽이 또렷한 엉덩이. 우리는 함께 사랑하는 법을 배워나갔다.

'루브'가 엘렌이 제일 좋아하는 향수였다.

침대 위에 장례식에서 매장될 모습 그대로 그녀의 물품들을 놓아본다. 그녀가 제일 좋아하던 향수를 그 물건들 위에 뿌리자니 물건들이 갑자기 살아서 일어나는 것 같은 기분이 든다. 생

명이 없는 천 조각 위로 엘렌의 몸이 차츰차츰 그려진다. 가냘픈 어깨, 두 다리, 두 손, 엉덩이, 가슴. 엘렌이 여기 있다, 나만을 위해서.

나는 보이지 않는 그녀의 몸 곁에 드러눕는다. 그녀의 입김이 내 목을 애무한다. 그녀가 나를 얼싸안는다. 손을 내 얼굴에 얹고는 모든 것이 다 잘될 거라고 말한다. 우리가 사랑을 나누는 건 이번이 마지막이다.

멜빌의 편지

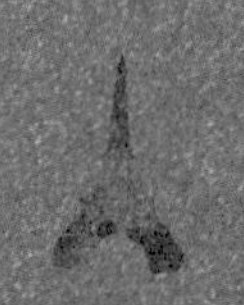

2015년 11월 24일

오후 4시

장례식 날. 멜빌은 장례식에 데리고 가기엔 너무 어리다. 나는 뭉게구름처럼 솟아오르는 슬픔 앞에서 혼자다. 말은 하고 싶지 않다. 이미 너무 많은 말을 했다. 그래서 나는 아직 말을 하지 못하고, 아직 자기 음성을 또렷이 드러내지 못하는 아이에게 나의 말과 나의 목소리를 빌려준다. 더 이상 나는 없고, 멜빌이 나다.

엄마,

엄마를 사랑한다고 말하고 싶어서 이 편지를 써요. 엄마가 보고 싶어요. 내가 아직 조금 어리기 때문에 아빠가 나를 도와줘

요. 아빠로 말하면, 엄만 아무 걱정 마세요, 내가 잘 보살필 거니까요. 난 산책길에 아빠를 데리고 나가고, 같이 미니 자동차 놀이도 해요. 그림책도 같이 읽고, 목욕도 같이하고, 쓰담쓰담도 많이 해요. 엄마가 있을 때랑 똑같진 않지만 그래도 괜찮아요. 아빠는 모든 게 다 잘될 거라고 말은 하지만, 아빠가 슬퍼하는 게 내 눈에도 다 보여요. 나도 슬프거든요.

얼마 전엔 저녁 때 아빠랑 같이 전화기 속에 들어 있는 엄마 사진들을 봤어요. 엄마 노래도 들었고요. 우린 많이 울었어요. 아빠가 엄마는 이제 다시는 나를 보러 오지 못한다고 했어요. 아빠는 또 이젠 우리 둘이 한 팀이라고도 했죠. 모험가 팀이라고요. 아빠가 얼굴 가득 진짜 미소를 지으며 그 말을 했기 때문에 내 맘에도 들어요. 솔직히 요 며칠 아빠가 나한테 미소를 지을 땐 웃는 게 아니라 꼭 우는 것 같았거든요.

아빠가 둘이서 잘해보자고, 그리고 잘 안 될 땐 엄마를 생각하자고 했어요. 엄마는 늘 우리랑 같이 있을 거라면서요. 아빠는 엄마 친구들 모두에게 내 앞으로 편지를 한 통씩 써달라고 부탁했어요. 내가 크면 읽어볼 수 있도록 말이죠. 그러면서 우리 두 사람만 엄마를 사랑한 건 아니지만, 그래도 우리 두 사람만큼 엄마를 많이 사랑한 사람들은 없다고 말했어요. 아빠는 또 어린

아이들은 세 살 이전 일은 기억하지 못한다지만 엄마와 보낸 열일곱 달이 나를 미래의 어른 남자로 만들어줄 거라고도 했죠.

요새 우리 주위에선 많은 소란이 있었는데, 내가 보기에 그건 아빠 때문인 것 같아요. 하지만 아빠도 일부러 그런 건 아니에요. 길 가는 우리를 세워놓고 인사를 건네는 아줌마들도 있고, 전화기는 쉬지 않고 울려대요. 난 내가 알지도 못하는 사람들에게 선물도 받고요. 난 아빠한테 별일 아니라고, 엄마는 항상 우리를 있는 그대로 사랑했으니까 이 모든 소란을 용서했을 거라고 말해요.

엄마는 나도 용서해줘야 해요. 왜냐하면 오늘 아빠랑 함께 오지 못했으니까요. 잘 아시잖아요, 난 어른들이 너무 많이 있는 곳에 가는 걸 그다지 좋아하지 않는다는 거 말예요. 게다가 아빠가 시간이 오래 걸릴 것 같은 데다 밖이 몹시 춥다고 했어요. 하지만 아빠는 내일 나랑 단둘이 엄마를 보러 가기로 약속했어요.

그러니 오늘은 이만 엄마를 꼭 안고 뽀뽀할래요. 빨리 내일이 와서 엄마를 보고 싶어요. 내일도, 모레도, 그다음 날에도 매일. 보고 싶어요, 엄마. 사랑해요.

멜빌

이야기의 끝

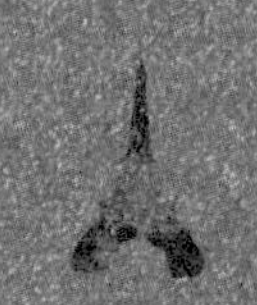

2015년 11월 24일

밤 10시

이 책을 나는 편지를 쓴 다음 날부터 쓰기 시작했다. 어쩌면 바로 그날 저녁부터였을 수도 있다. 멜빌이 어린이집에 있을 때마다 나는 내 머릿속을 떠나지 않는 단어들을 컴퓨터에 쏟아냈다. 음악을 너무 크게 틀어놓는 위층 이웃처럼. 나는 그 말들에게 조용히 하라고, 입을 닫으라고 요구하기 위해서 컴퓨터 자판으로 그것들을 두드렸다. 그 말들이 서로 싸우기를 멈추고, 마침내 잠들기 바라면서.

말들이 화면에 모습을 드러내는 즉시 나는 그것들을 내 몸 안의 이물질처럼 바라보았고, 그것들을 이해하기 위해서 그것들을 읽고, 나 자신을 이해하기 위해서 그것들을 다시 읽었다. 그러다가 마침내 그 말들을 사랑하기에 이르렀다. 나는 멀찍이 떨어져서 손을 맞잡고 있는 그 말들을 바라보면서 가끔 큰 소리로 그것들을 불러보려 한다. 하지만 나는 거기에 닿을 수 없다. 그 말들은 이미 나에게 속하지 않기 때문이다.

빨리 서둘러야 했다. 나는 엘렌을 사랑하는 사람이지 사랑했던 사람이 아니다. 죽음이 과거의 내 위로 가차 없이, 손을 써볼 여지도 없이 커튼을 내리기 전까지만 해도 나는 희망 때문에 쓰러지지 못하는 둘도 없는 순진한 사람이었다. 내일 나의 슬픔마저 나를 놓아버릴 때 내가 어떻게 될지 그 누가 알겠는가?

일시적이고 덧없는 사랑, 영혼을 갉아먹는 정념처럼 슬픔도 그저 스쳐 지나가면 그뿐일지 모른다. 지나간 사랑의 충실한 그림자처럼. 슬픔은 나름대로의 아름다움, 나름대로의 강렬함을 지니고 있다. 나는 기꺼이 그 슬픔에 입 맞추고 그 슬픔을 힘껏 끌어안는다. 하지만 나는 슬픔마저 이미 나에게서 거의 떠났음을 잘 알고 있다.

새로 괴롭힐 연인을 찾아 길을 나서면서 슬픔은 나를 그의 서글픈 길동무에게 떠넘긴다. 애도라는 길동무.

나는 애도의 표시를 알아본다. 내 옆구리 부근에서 스멀스멀 고개를 내미는 갈색 얼룩. 나는 몇 년 전 같은 부위에서 그것이 점점 커져가는 걸 지켜보았다. 이번 것이 더 어둡침침하다. 퍼지는 속도 또한 더 빠르다. 그러니 며칠, 몇 주의 문제가 아니다. 나는 포위당했다. 갈색 얼룩은 거의 내 복부 전체를 뒤덮었다. 나는 아무 의욕도 없고, 음식을 먹는 것조차 나에게는 십자가 같은 고통이다.

얼룩은 이제 곧 내 가슴으로 스며들어 흉곽 전체에서 자라날 것이고, 그러면 나는 숨도 제대로 쉬지 못할 것이다. 나에게 아직 심장이 남아 있다면 놈은 그가 지닌 죽음 빛깔의 독을 내 혈관마다 쏟아부을 것이다. 나의 다리는 더 이상 일어서지 못하고, 두 무릎은 굳어버리고, 두 발은 진흙처럼 무너질 것이다. 내 어깨까지 타고 올라간 놈은 내 양어깨를 있는 힘껏 내리찍을 것이며, 그 무게를 견디지 못한 내 양팔은 축 늘어질 것이다. 비록 나의 몸은 나를 포기하더라도 정신은 아직 남아 있다. 잠시 동안의, 내가 침몰하는 광경을 나 스스로가 지켜보는 동안의 유예기간.

그렇지만 나는 두렵지 않다. 나는 기다린다. 나는 그놈을 잘 아니까. 때로 나는 놈에게 참을성을 가지라고 설득해 보기도 하지만 갈색 얼룩은 자신이 맡은 임무에 관한 한 가차 없다. 목이 시작하는 부분에서 목을 타고 거슬러 올라온 놈은 점점 더 드세게 내 목을 조인다. 이제 내 코는 더 이상 추억의 냄새를 맡지 못할 것이다. 이제 내 두 눈은 오직 명명백백한 것만을 보게 될 것이다.

내 첫 번째 책이 재미난 이야기책이었으면 좋았을 것이다. 특히 내 이야기가 아닌 다른 이야기였다면 더 좋았을 텐데. 두려움 없이 말들을 사랑할 수 있었다면 좋았을 텐데.

나는 사람들이 그걸 소리 내어 읽을 때에야 비로소 내가 자판을 눌러 적어놓은 내용을 알아차릴 때가 있다. 그럴 때면 치기 어린 두 남자의 삶이 앞으로 얼마나 험난할지 새삼 깨닫게 되어 놀랄 지경이다. 나는 그 두 사람을 도와주고 싶었다. 나는 또한 그 두 사람을 사랑했다. 무당벌레며 집에서 만든 수프며 절대 엄마를 대신할 수 없을 어린이집의 다른 엄마들과 더불어.

나는 이야기를 제대로 하지도 못했다. 일은 내가 마음먹은 대로 굴러가지 않았다. 나에겐 시작도 끝도 없으며, 매시간이 나의 존재 전체를 뒤흔든다. 나의 현재는 과거가 되어야 마땅한데, 나는 여전히 시간이 부재하는 일상 속에서, 시간이랄 것 없는 나날들 속에서 허우적거린다.

엘렌이 세상을 떠난 이후, 더 이상의 이야기는 없다. 이야기는 여기서 끝이다. 그저 문득문득 솟아오르는 순간들이 있을 따름이다. 나는 그런 순간들을 말로 붙잡았다. 예전의 숨결을 되찾지 못한 삶의 폴라로이드 사진.

나는 오늘 저녁이 오기를 기다린다. 얼굴은 이미 시커멓게 타버렸으나 아직 분홍빛을 간직한 두 입술을 잠자리에 누운 아들의 이마에 포갤 수 있는 순간을 기다린다. 예전의 나, 내 아들의 엄마를 누구보다 사랑했고, 아들이 세상을 향해 두 눈을 커다랗게 뜨고 태어나는 광경을 지켜보았으며, 서로 사랑할 충분한 시간을 갖게 되기를 꿈꾸었던 과거의 나의 마지막 입맞춤. 우리의 예전 삶의 마지막 순간.

아들이 잠들고 나면 나는 어둠 속에 내 몸을 온전히 맡겨버릴 것이다.

내일, 아들과 나는 녀석의 엄마를 보러 갈 것이다. 책은 이제 거의 끝났다.

책은 나를 치유해주지 못한다. 죽음은 치료되지 않는다. 그저 길들일 뿐이다. 죽음은 야생 동물이다. 그것은 주둥이가 매우 예리하다. 나는 그래서 그것을 가두어둘 우리를 지으려 하는 것이다. 그것은 내 바로 곁에서 침을 질질 흘리며 나를 집어삼키려 한다. 죽음과 나 사이에는 종이 창살만 놓여 있다. 컴퓨터가 꺼지면 죽음은 우리에서 뛰쳐나온다.

엄마 여기 있어

2015년 11월 25일
아침 7시 45분

멜빌은 방금 우윳병을 깨끗이 비웠다. 좌우지간 식욕 하나는 알아줘야 한다. 내 양다리 사이에 앉은 녀석과 나는 아직 따뜻한 체온이 남아 있는 침대 속에서 아침녘의 평온함을 즐긴다. 각자 자기의 즐거움을 연장하기 위한 방편을 모색한다. 나는 아이의 귀에 대고 달콤한 노래를 흥얼거린다. 아이는 내 얼굴을 차지하고 있는 존재들의 목록을 작성 중이다. "아빠 코", "아빠 입", "아빠 귀는 어디 있게?" 우리 둘 가운데 누구도 이 아침의 포근함과 서둘러 작별하고 싶지 않다.

이제 채비를 해야 한다. 몸을 씻어야 한다. 예전엔 샤워란 그저 온수와 비누, 샴푸로 요약되는 것이었다. 그런데 오늘 아침엔 멜빌이 주인공인 모험으로 변했다. 이야기 속의 심술꾸러기 역할은 희한하게 생긴 금속성 뱀이 맡았다. 놈은 여러 개의 아가리에서 김이 모락모락 나는 따뜻한 액체를 뿜어서 아빠를 포로로 만든다. 멜빌은 심술궂은 놈의 손아귀에서 나를 빼내기 위해 할 수 있는 모든 걸 다 한다. 아이는 공격 작전을 세우기 위해 욕실 앞에서 왔다 갔다 한다.

욕실 문을 활짝 열어놓으니 김이 다 빠져나가 버린다.
"멜빌, 문 좀 닫아줘, 아빠 추워!"
첫 번째 승리.

손과 팔, 머리카락 등 넣을 수 있는 모든 것을 물속으로 집어넣으면 아빠를 구출하는 데 속도가 붙을 거라고 여기는 모양이다.
"그러다가 다 젖겠다……. 얼른 욕실 밖으로 나가!"
두 번째 승리.

밖으로 나가서 아무 소리도 내지 않는 것이야말로 싸움터에 다시 불려 나오는 유일한 방법이다.
"멜빌, 너 지금 어디 있니? 얼른 이리 와!"
세 번째 승리.

하지만 아이의 비밀 병기는 그림책이다. 금속성 뱀은 멜빌이 욕조에 들어오자마자 물 뿜기를 멈춘다.

"안 돼, 그림책을 물에 넣으면 안 돼!"

최후의 일격. 전투는 끝났다.

나는 항복한다. 기운이 쭉 빠진다. 얼굴은 어느새 눈물범벅이다. 오늘 우리는 아이 엄마의 무덤에 간다.

어제 멜빌은 장례식에 참석하지 않았다. 날씨도 너무 춥고 예식이 너무 오래 걸리는 데다 아이에게는 너무 힘든 상황이니까. 그리고 사실 우리 둘만이 함께 맞이해야 하는 순간이기도 하니까. 식에 참석하기에 앞서서 나는 아이에게 모든 걸 다 말해주었다. 엄마는 이제 땅속에 묻힐 거라고, 우리의 추억은 우리와 함께 살지만 몸은 거기 묻히는 거라고 설명했다. 나는 아이에게 다음 날 같이 엄마를 보러가자고 약속했다.

그런데 막상 오늘, 그 순간이 다가오면 다가올수록 나는 겁이 난다. 아이가 이해하지 못할까 봐, 아이의 사전 준비가 미흡했을까 봐, 아이에게 너무 많은 이야기를 한 것 같아서 덜컥 겁이 난다. 그래도 가야 한다.

구슬 같은 두 눈으로 아이는 나를 물끄러미 바라본다. 용서를 구하는 표정이다. 그림책이 젖어서 내가 우는 게 아니라는 것쯤은 아이도 안다. 멜빌은 내가 더 이상 감당하지 못하는 것을 제가 짊어지려 한다. "넌 아직 너무 어려, 아가야!" 흠빡 젖은 두 사람의 포옹이 아이를, 나를 안심시킨다.

외출 준비를 한다. 암묵적인 침묵 속에서 우리의 아침 일과가 하나씩 하나씩 진행된다. 기저귀 갈기, 옷 입기, 신발 신기, 점퍼 입기, 껴안기. 아이는 오늘이 여느 날과 다른 날임을 잘 안다.

나는 아이와 엄마가 같이 찍은 사진 한 장을 챙긴다. 엄마가 거기 있음을 아이에게 알려주기 위해 무덤에 놓을 사진이다. 사진 속 두 사람은 예쁘다. 아무리 로켓이 그려져 있어도 소용없다. 노리개 젖꼭지는 멜빌의 입에서 떨어질 줄 모르니까. 아이가 고개를 살짝 옆으로 갸우뚱한 덕분에 엄마와 아들은 뺨을 맞대고 있다. 닿을 듯 말 듯, 아주 살짝, 엄마의 존재를 느낄 정도로만 닿았다. 엘렌은 평온한 모습이다. 내면에서 우러나온 미소와 신뢰를 가득 담은 눈길. 시간은 우리 편이다. 우리는 휴가지로 가는 기차 안에 있으니까.

그날 쾅 소리 나게 아파트 문을 닫음으로써 우리는 하나의 삶을 뒤로하게 되었다. 이제 그 삶은 우리와는 무관하다. 말하자면 우리가 더 이상 살지 않는 장소 같은 거니까. 아니, 한 번도 살지 않았던 느낌이 드는 곳이니까. 각자의 안에 있는 작은 집, 그 집에서 나는 냄새는 익숙하고, 거기에서 사는 동안 붙은 습관도 있으며, 그 집을 아끼고 사랑하며 편안하게 느끼지만 더는 안으로 들어갈 수 없는 집.

문을 두드리고 박박 긁어도 보고 부수려고도 했지만, 엘렌은 내내 그곳에 갇혀 있다. 그녀는 혼자서 빈집에 있다. 그녀가 지니고 있던 열쇠도 몽마르트르 묘지 10구역에 함께 묻혔다.

오늘은 날씨가 따뜻한 편이다. 구름이 멀어져가면서 햇빛이 넉넉하게 묘지 위로 떨어진다. 마치 하늘에서 꿀이 흐르는 것처럼. 어제만 해도 하늘은 피를 흘렸다. 얼어붙은 피가 우리의 발걸음에 맞춰 큰 길을 꽉 메운 군중들의 우산 위로 우박처럼 쏟아졌다. 오늘, 죽음의 행렬은 끝났다. 우리는 이제 새로운 삶을 향해 앞으로 나아간다.

멜빌은 내 손을 꼭 잡고 있다. 아직 내 허벅지에 닿을락말락하지만 그래도 제법 큰 아이처럼 의젓하다. 아이는 비가 만들어놓은 물웅덩이에서 논다. 나의 두려움은 멜빌이 요란스럽게 발을 굴러서 사방으로 튀게 만드는 물방울들 속으로 조금씩 조금씩 녹아들어 간다. 놀이는 아이의 강력한 무기이고, 앞으로 저지를 사고는 아이의 지평이다. 어린아이는 어른들의 일 따위엔 전혀 개의치 않는다. 어린아이의 천진성은 우리의 유예 기간이다.

중앙 광장을 지나면 왼쪽에 무덤이 있다. 우리는 가까이 다가간다. 다 왔다. 나의 모든 삶이 우리의 발밑에 놓여 있다. 그 삶은 고작 몇 제곱미터의 돌멩이와 추위, 진흙 안에 담겨 있다. 하나의 삶이란 그토록 자그맣기만 하다. 나는 묘석을 가득 채운 흰색 꽃들 틈바구니에 가져온 사진을 내려놓는다. 어두운 밤 자락에 매달린 별 무리처럼. 달이 없는 밤. 무덤 속에 갇힌 달은 이제 더 이상 모습을 드러내지 않을 것이다.

"엄마 여기 있어."

멜빌은 갑자기 잡고 있던 내 손을 놓고는 묘석으로 올라간다. 바닥에 떨어져 있던 장미와 백합들이 아이의 과감한 결단력에 맥없이 짓밟힌다. 나는 아이가 엄마를 찾아 헤맬까 봐 겁이 난다. 후회의 정글을 헤치고 계속 전진한 아이는 사진을 낚아챈다. 그 사진을 꼭 끌어안는다. 그러고는 내 쪽으로 돌아와 다시 내 손을 잡는다. 나는 아이가 엄마를 찾아냈다는 걸 안다.

멜빌은 이제 그만 돌아가고 싶어 한다. 당장, 잠시도 지체하지 않고, 엄마를 집으로 데려가기를 원한다. 나는 반대하지 않는다. 아이는 나의 두 팔을 요구한다. 나는 아이를 힘껏 끌어안는다. 엘렌이 우리와 함께 있다. 우리는 세 명이다. 우리는 언제까지나 세 명일 것이다.

집으로 돌아가는 길에 나는 물웅덩이를 지나간다. 두 발을 모으고 그 안으로 뛰어들자 녀석이 깔깔대고 웃는다.

앙투안 L. 씨,

엘렌이 남편인 당신과 어린 아들 멜빌을 두고 세상을 떠난 지도 어언 1년이 되었네요. 멈춰버려야 마땅할 듯한데, 아무 일도 없다는 듯 무심하게 흘러가는 그 세월 속에서 멜빌은 이제 30개월쯤 되었을 테니 제법 구사하는 어휘도 많아지고, 몸놀림도 날렵해지고, 고집도 많이 세졌겠군요. 엄마에게 아빠는 자기가 돌보겠다고 약속한 의젓한 아들이니 오죽하겠어요. 시간은 모든 것을 잊게 만드는 명약이라지만, 과연 그럴까요? 나로서는 솔직히 하루가 다르게 의젓해질 아들의 돌봄을 받게 된 아빠가 더 걱정이 되더라고요.

얼굴도 모르는 노인 필리프가 누렇게 빛이 바랜 흰 봉투에 넣어 보냈다는 "변을 당한 건 당신인데, 그런 당신이 우리에게 용기를 주는 군요."라는 편지 내용이 머릿속을 떠나지 않으면서도, 그 말에 백 번 공감하면서도, 뭔지 모를 불안감이 마음 한쪽에서 자꾸만 고개를 내미는 것 같았으니까요.

아마도 당신 스스로 고백했듯이, 당신에겐 용감하지 않을 권리, 분노할 권리, 두 손 두 발 다 들어버릴 권리, 기진맥진할 권리, 삶을 새롭게 시작하지 않을 권리, 다른 삶 따위는 바라지도 않을 권리, 실수할 권리, 그릇된 결정을 내릴 권리, 아이와 함께 있어주지 않을 권리, 유쾌하지 않을 권리, 냉소적이 될 권리, 두려움에 사로잡힐 권리, 아무것도 하고 싶지 않을 권리, 역량이 부족할 권리……. 이 모든 권리가 있다고, 내가 그런 일을 당했어도 틀림없이 당신처럼 느꼈을 거라고 내심 동의하기 때문일 테죠.

그래요, 당신에겐 그럴 권리가 있어요. 그럼에도……

그럼에도 나는 당신이 그런 권리들일랑 저만치 제쳐두기를 바란 것이 사실입니다. 증오보다 사랑이, 억압보다 자유가 훨씬 더 고귀하며, 우리가 반드시 지켜내야 할 소중한 가치임을 모두가 인정하는 세상을 우리 아들딸들에게 물려줘야 할 테니까요.

증오를 자양분 삼아 기생하려는 자들이 발붙일 수 없는 세상을 만들기 위해서는 할 일이 많으니까요.

아직은 무너질 때가 아닙니다, 앙투안 L.씨, 버텨주셔야 해요.

우리, 같이 버텨요.

옮긴이 양영란

서울대학교 불어불문학과와 동대학원을 수료하고 프랑스 파리 3대학에서 불문학 박사 과정을 수료했다. 《코리아헤럴드》 기자와 《시사저널》 파리 통신원을 지냈다. 옮긴 책으로 《침묵의 소리》, 《탐욕의 시대》, 《상뻬의 어린 시절》, 《잠수종과 나비》, 《빼앗긴 대지의 꿈》 등이 있으며, 김훈의 《칼의 노래》를 프랑스어로 옮겨 갈리마르에서 출간했다.

당신들은 나의 증오를 갖지 못할 것이다

2016년 11월 13일 초판 1쇄 발행
지은이 · 앙투안 레이리스 | 옮긴이 · 양영란

펴낸이 · 김상현, 최세현
책임편집 · 정상태, 양수인 | 디자인 · 임동렬

마케팅 · 권금숙, 김명래, 양봉호, 최의범, 임지윤, 조히라
경영지원 · 김현우, 강신우 | 해외기획 · 우정민
펴낸곳 · (주)쌤앤파커스 | 출판신고 · 2006년 9월 25일 제406-2012-000063호
주소 · 경기도 파주시 회동길 174 파주출판도시
전화 · 031-960-4800 | 팩스 · 031-960-4806 | 이메일 · info@smpk.kr

ISBN 978-89-6570-370-9(03810)

• 이 책의 국립중앙도서관 출판시도서목록은 서지정보유통지원시스템 홈페이지(http://seoji.nl.go.kr)와 국가자료공동목록시스템(http://www.nl.go.kr/kolisnet)에서 이용하실 수 있습니다.
(CIP제어번호:CIP2016025383)